Über das Buch

Ein Mann in einem Zug an einem Fenster kurz vor der Abfahrt von einem Bahnhof. Verloren. Da sieht er auf dem Bahnsteig eine Frau. Und sie sieht ihn. Und sie erkennen sich. Doch schon setzt der Zug sich in Bewegung. Was tun? Kurzentschlossen nimmt der Mann sein Smartphone und wirft es der Frau zu. Sie fängt es auf. Und dann? Ja, und was dann?

Ein Mann arbeitslos im Ruhrgebiet. Gefangen in einem Gestrüpp aus Bewerbungen, Vorstellungsgesprächen, Arbeitsagentur-Terminen und wachsender Selbstentfremdung. Im Teufelskreis sich leerlaufender Hoffnungen. Was tun? Sich im Hamsterrad totlaufen lassen oder... oder... oder WAS? Was ist die Alternative? Gibt es überhaupt eine?

Eine junge Frau aus Berlin auf Lesetour in der Metropole Ruhr. Ein Mann weckt ihr Interesse. Doch er weist sie ab. Ein Buch später ist sie wieder auf Tour an der Ruhr. Und wieder ist da dieser Mann. Und wieder kann sie nicht widerstehen. Doch wieder die Abweisung. Wird sie sich diese dieses Mal aber gefallen lassen?

All diesen Fragen geht David Jordan in seinen drei zwischen September 2014 und Februar 2015 zu Papier gebrachten Erzählungen nach, die der vorliegende Band unter dem Titel „andernorts anderswo. CafeHaus-Geschichten" in sich vereinigt. Ein zentraler Schauplatz aller Geschichten ist dabei, wie schon im Untertitel deutlich wird, das CafeHaus in Herne. Das CafeHaus in Herne – eine Institution, die leider nicht mehr existiert. Ein unwiederbringlicher Verlust wie so Vieles, das nie hätte verloren gehen dürfen, aber plötzlich, von heute auf morgen, nicht mehr da ist – sei es in Herne, andernorts oder anderswo.

AF 138834

IN MEMORIAM

Glenn Cornick (1947-2014)

&

Wolfram Wuttke (1961-2015)

&

W. Günther Rohr (1956-2015)

david jordan

andernorts anderswo

CafeHaus-Geschichten

Ein Titeldatensatz für diese Publikation ist bei der Deutschen Nationalbibliothek erhältlich.

Herstellung und Verlag

BoD – Books on Demand

In de Tarpen 42

22848 Norderstedt

ISBN-13

9783739230580

Foto auf Seite 4 und Seite 137: David Jordan.

Redaktionsschluss: 16.01.2016.

Inhalt

andernorts

Dreisatz aus Einsamkeit. Ein Groschenromanversuch

Eins

Was mir über die Jahre immer unverständlicher wurde, war die Reaktion der Kollegen aus der Filmbranche auf unvorhergesehene, katastrophale oder schlimme Ereignisse. Gerade dadurch, was die Medien uns tagtäglich an Katastrophen und Tragödien frei Haus liefern, müssten wir alle so abgebrüht oder abgestumpft sein, dass uns nichts mehr überraschen kann. Dabei brauchen wir ja nicht einmal Zyniker zu sein, sondern einfach nur die Macht der Gewohnheit. Ich würde auch nicht gelten lassen, dass es einen Unterschied macht, ob es uns selbst widerfährt oder jemand anderen. Es macht nicht wirklich einen Unterschied. So oder so spielen wir eine Rolle – sei es nun im realen Leben oder im Digitalen. Aber vielleicht ist es genau das, was die Kollegen vor Angst schlottern lässt, auch wenn alle, wirklich alle gleich wissen, was als Nächstes um die Ecke kommt: die Rollenerwartung zwingt sie, vor Angst zu schlottern. Es ist genau das, was dem Publikum Sicherheit gibt. Man stelle sich nur vor, wir reagieren gegen die Erwartungen. Was dann? Die Geschichte nimmt eine andere Wendung. Es entsteht eine neue Situation. Es eröffnen sich neue Möglichkeiten zu handeln. Die Chance auf ein anderes, ein neues Leben. Und genau darauf wollte ich hinaus. Genau das war mein Ziel. So blieb mir nichts anderes möglich, als sie da mit reinzuziehen. Als Opfer, wenn Sie so wollen.

Oder?

Gerade schaue ich von dem Block auf, in dem ich all dies hier notiere und sehe, wie hier im CafeHaus die junge Dame am Tisch vor mir sich in ihrem Smartphone abcheckt. Dabei hält sie das Smartphone so, dass ich ihr Gesicht auf dem Bildschirm sehen kann und sie mich. Was gibt denn das jetzt?

Aber zurück zum Wesentlichen, denn ich stand im Gang des Zuges und schaute aus dem Fenster auf die Leute dort draußen auf dem Bahnsteig. Es ereignete sich nichts Besonderes oder gar Weltbewegendes. Leute stiegen in den Zug ein, Leute stiegen aus. Leute liefen mit oder ohne Koffer, mit oder ohne Begleitperson(en) den Bahnsteig entlang. Manche wirkten froh, manche wirkten gestresst. Und manche wirkten verloren. Zu ihnen gehörte ich selbst, auch wenn es nicht gleich den Anschein hatte, befand ich mich schließlich in einem Zug, der, wie es sich für jeden guterzogenen Zug gehörte, ein Ziel hatte. So hatte ich gezwungenermaßen auch eins, wenn es mir auch erst dann bewusst wurde, als die Türen schlossen und ein ziellos umherschweifender Blick einer jungen Frau sich mit meinem irrlichtenden kreuzte. Statt verwundert zuzusehen, wie wir uns jeden Augenblick wieder aus den Augen verlieren würden – und das für immer –, spurtete sie los, während ich dabei war, in meine übliche Schicksalsstarre zu verfallen. Doch während sie unbeirrbar zielsicher geradeaus auf meinen Wagon zuraste, überschlugen sich in meinem Kopf meine Gedanken und stießen dabei mit meinen Hoffnungen zusammen, verkeilten sich ineinander und gebaren eine Idee.

Kurz entschlossen holte ich mein Smartphone aus der Tasche, zeigte es ihr und versuchte mich ihr, die mich mit ihrem Blick fest fixiert hatte, mit Gesten verständlich zu machen. Ich vermeinte, ein unmerkliches Nicken ihrerseits zu erkennen, während ich schon dabei war, ein Gangfenster aufzureißen und das Smartphone zeitlupenförmig in ihre Richtung zu werfen. Woher ich die Inspiration dazu nahm? Wovon man sich heute alles abguckt. Von den Kollegen aus der Filmbranche halt.

Sie fing es in dem Moment auf, als der Zug schon so viel Fahrt aufgenommen hatte, dass sich mein Wagon von seinem ursprünglichen Platz am Bahnsteig schon mehrere Wagonlängen entfernt befand und ich sie immer schneller immer kleiner werdend sah, bis ich sie gänzlich aus den Augen verlor.

Als sie gar nicht mehr zu sehen war, begab ich mich glücklich grinsend wieder zu meinem mir zugedachten Platz im Abteil. Mit jedem Schritt wurde das Grinsen jedoch dünner und dümmer. An meinem schon lange vorher reservierten Platz angekommen, hatte ich wieder jegliche Beschwingtheit verloren und mich jeglicher Hoffnung beraubt. Was war das nur für eine dumme Aktion um der Aktion willen gewesen? Was hatte ich damit zu erreichen gehofft, mein über 800 Euro teures Smartphone einer Wildfremden in die fangbereiten Grabscher zu schmeißen? Gut, sie war keine Wildfremde mehr. Wir hatten uns erkannt. Aber was würde sie denn mit dem Ding anfangen? Was wollte sie damit anfangen? Was – um wirklich genau zu sein – konnte sie damit anfangen? Selbst wenn der Hoffnungsschimmer in ihren Augen echt gewesen war, das Ding war Passwort-geschützt. Würde sie wirklich so weit gehen, den Code zu knacken? – Träum weiter!

Aber warum ging ich wieder nur so weit, mich schlechter zu machen, als ich bin? Warum setzte ich die Maske des hoffnungslosen Verlierers auf, der ich gar nicht bin? Warum kleidete ich mich in ein Gewand, das mir gar nicht stand? Hat da nicht gerade erst das junge Ding am Tisch vor mir, mich mit seinem Smartphone abgecheckt? Was hält mich also davon ab, aufzustehen, an sie heranzutreten und von ihr ein Foto mit meinem Smartphone zu schießen? Mein Smartphone hat eine andere? Papperlapapp! Ach so, sie ist nicht da. Ist sie etwa weg? Nein, ihre Sachen sind noch da. Ja, und da ist sie selbst, kommt gerade frisch erleichtert vom Klo.

„Smile", rufe ich ihr zu, halte mein altes Klapphandy hoch und drücke ab.

Wie auf Kommando hatte sie sich blitzschnell in Pose geworfen, so dass ich eine wirklich professionelle Aufnahme von ihr zustande brachte. Sodann schlenderte sie lasziv auf mich zu.

„Ich weiß, warum du das gemacht hast", sagte sie. „Ich habe auch keinerlei Probleme damit. Nur leider bist du nicht mehr auf dem neuesten Stand. Sorry!" sagte sie und schlenderte lasziv an mir vorbei zu ihrem Platz, wo sie ihren Kram zusammenpackte, und, ohne sich noch einmal zu mir umzudrehen, verschwand.

Da saß ich nun mit ihrem Foto und ihrer Abfuhr. Ich entschloss, mir bei sich nächstbietender Gelegenheit ein Smartphone anzuschaffen.

Was aber überlegte ich mir, wenn sie sich wirklich und tatsächlich die Mühe machte, den Code zu knacken? Ich musste ihr eine Nachricht zum Vorfinden und Die-Hoffnung-nicht-verlieren hinterlassen. Dass sie weiß, dass es mir wie ihr total und absolut ernst mit uns ist. Zum Glück hatte ich, wenn auch aktuell nicht dabei, noch mein uraltes Klapphandy. Wenn sie denn nur wirklich den Code knackte.

Da tippte mir jemand auf die Schulter. Ich drehte mich zur Seite und da stand ein junges Wunderding der Schöpfung vor mir.

„Süßer, das fand ich krass von dir, wie du da das Foto von ihr gemacht hast. Die meisten wären doch reine Schisser geblieben und wären nicht auf ihre unverhohlene Anmache eingestiegen. Hätt' ich dir aber auch vorher flüstern können, dass das frigide Miststück eine selbstverliebte Fotze ist, der nur bei Blitzlichtgewitter in ihre Richtung einer abgeht. Aber nichtsdestotrotz: Solcher Mut muss belohnt werden. Ich bin grad feucht, so läufig, dass ich mich schon dauernd reiben muss, wenn du verstehst, was ich zum Ausfluss bringen will, und weiß ein Stundenhotel. Haste Lust? Willste kommen?"

Und wenn sie nicht anruft?

Als ich erwachte, stand eine Putzfrau am anderen Ende des Bettes. Vom Wunderding der Schöpfung war nichts zu sehen.

„Nimm es nicht allzu tragisch, Kleiner", sagte die Putzfrau. „So ist sie nun einmal, meine Tochter. Ich soll dir aber ausrichten, dass sie dich trotz alledem von Zeit zu Zeit gern ficken würden, wenn es Zeit und Umstände erlauben. Sie meinte, wir sollten dich trotz allem behalten."

„Und was meinen Sie?" fragte ich.

„Mein Töchterlein mag ihre Defizite haben, aber es gibt trotzdem einige Bereiche des täglichen Lebens, da liegt sie selten daneben."

„Sie wollen es also darauf ankommen lassen?"

Die Putzfrau sah mich an, wie man mich in solch einer Situation wohl ansehen musste. Belustigt.

„Nu lass ma dat Rumgezicke, Prinzesschen", sagte sie.

„Bieten Sie mir nun einen Job an oder nicht?" fragte ich.

„Hast du ein Problem damit?" erwiderte sie.

Und wenn sie mich nicht anruft? Ich auf einen Anruf warte, der niemals kommt? Warum habe ich, statt mein Smartphone durchs Fenster zu werfen, mich nicht selbst hinterhergeworfen? Hätte sie mich fallen gelassen, wär dann wenigstens alles klar gewesen, denn niemand lässt ein Smartphone für 800 Euro fallen. Niemand, nicht wahr? Aussagekräftig war an dieser Aktion konsequenterweise folgerichtigerweise folglich gar nichts. Aber ihr Blick! Was ließe sich dafür nicht alles ertragen? Wie zum Beispiel Teilzeitsexsklaventeilzeitsex.

Ich hatte keine Probleme damit und nahm das Jobangebot an. Kost und Logis waren frei und für meine

Servicedienstleistungen, die, sofern sie nicht an der Tochter der Putzfrau vollzogen wurden, vollkommen freiwillig erbracht wurden, erhielt ich eine gewisse Aufwandsentschädigung in leistungsbezogener Höhe.

Im Großen und Ganzen war es eine recht unterhaltsame Zeit, bis ich eines Tages von einer Frau mittleren Alters gefragt wurde: „Willst du nicht mal oben sein?"

Es war nicht das erste Mal mit ihr, so verstand ich sofort, was sie meinte.

„Und was dann?" fragte ich.

„Folge deinem Herzen", sagte sie.

Ja, wie dumm hörte sich das denn in diesem Moment an? Ich musste mir darauf etwas einfallen lassen, was die Diskussion im Kindsbette erstickte.

„Ich habe mir was überlegt", gab ich mich nachdenklich. „Ich habe mir überlegt, bei einigen früher zu kommen, weit früher."

„Warum das?" fragte sie.

„Um sie zu enttäuschen. Um sie zu enttäuschen, wie sie in ihren realen Beziehungen enttäuscht wurden und enttäuscht werden. Ich will sie so groß enttäuschen, dass sie so frustriert werden, dass sie anfangen, loszuschlagen."

„Wozu das?" fragte sie.

„Damit sie wissen, woraus sie gemacht sind?" entgegnete ich.

Sie lachte: „Das einzige, was du ihnen lieferst, ist ein Grund mehr."

Ich dachte darüber nach und musste schließlich eingestehen: „Das ist es, worum es die die ganze Zeit über geht: einen Grund zu haben. Wie primitiv ist das denn?"

„Alles eine Frage der Perspektive", sagte sie, beugte sich runter und küsste ihn. Dann schaute sie hoch: „Willst du nicht doch mal oben sein?"

Vielleicht braucht es wirklich nur mal die Einnahme eines anderen Standpunktes. Und sei es nur, um eine Ahnung davon zu haben, warum sie mich nicht anrufen würde für den Fall, dass sie mich nicht anriefe, selbst wenn sie den Code knacken und meine auf sie wartende Botschaft lesen würde, über deren genauen Inhalt ich nun sann, nachdem ich endlich mit dem Zug zum Ziel gelangt war, welches in Wahrheit nicht mehr war als eine Entschuldigung dafür, in Bewegung zu bleiben – on the move –, um ja nicht, ja, um was ja nicht? Um nicht das Uralthandy in die Hand nehmen zu müssen, um den Schicksal keinen kleinen Schubs zu geben? Wo Bewegung zum Sein wird, wie er in der Frau mittleren Alters?

Aber das war nicht mein Problem. Es war noch nicht einmal das Problem, denn es lieferte der Frau mittleren Alters einen Grund, womit die Zirkelbewegung der Argumentationskette in ihrem Falle abgeschlossen war. Ich dagegen sah mich auf einmal einer Freiheit gegenüber, von der ich nicht wusste, ob ich sie umarmen wollte. Wahrscheinlich war es das gewesen, was mich in den Zug steigen ließ, denn wenn ich sie schon schlug, wer sagte, dass ich vor dem Kind haltmachte, wo doch insbesondere Bauchtritte bei Schwangeren sich als so äußerst effektiv wirkend erwiesen?

Wenn sie mich doch nur auf mein Uralthandy angerufen hätte. Wenn ich doch nur auf meinem mir zugedachten Platz bei meiner Reise auf der Endlosschleife des Ziellosen geblieben wäre, statt ziellos im Gang umherzuirren, um auf die Gnade einer Zufallsbekanntschaft zu hoffen, die mich von der vorgezeichneten Spur der Hoffnungslosigkeit abbringen und irgendwo zum Innehalten bringen würde, wo ich nicht mehr sein muss, was ich sein darf, sondern werden kann, was ich sein sollte. Wo weder ein Geldschein noch ein Bauchtritt das gewünschte Ergebnis reproduzieren. Wo nicht aus Langeweile einfach mal so geschaut wird, was passiert, wenn wir HelloKitty mit Rattengift mästen. Wo nicht aus lauter Überdruss an grenzenloser Weite ich mir die Luft raubende Enge einer scheiternden Zweierbeziehung als Himmel auf Erden wünsche. Wo ich nicht zum sentimentalen Nostalgiker werde. Wo ich nicht zum um Hilfe schreienden Romantiker werde. Wo mein verdammtes Uralthandy einfach mal klingelt, weil sie den Code meines Smartphones geknackt hat und mich anruft. Weil sie mich anruft. Weil sie mit mir telefonieren will. Weil sie mich will. Weil dieses verdammte Ding jetzt endlich klingelt. Weil es klingelt, weil sie dran ist und ich jetzt drangehe, weil ich sie will, weil das Uralthandy jetzt immer noch klingelt, weil sie dran ist und ich jetzt drangehe, weil ich sie will, weil das Uralthandy jetzt immer noch klingelt, während ich nicht weiß, was ich machen soll, weil – HALLO! – der Zug doch längst abgefahren ist und ich nicht glauben kann, dass es so ist, wie es ist, weil das doch – HALLO! – mich mit einer Situation konfrontiert, die ich mir vielleicht erträumt, aber doch nie nicht wirklich gewünscht habe, weil – HALLO! – ich doch schon längst sämtliche Hoffnung hab fahren lassen und mich in der Sicherheit eines Lebens im Dazwischen eingerichtet habe, weil man ja nie wissen kann, ob nicht doch irgendwann eines Tages jemand einen dermaßen durchschaut, dass es ein Leichtes für einen wird, sein bequemes Leben, sein 800 Euro teures Handy, aus dem Zugfenster zu schmeißen in der Überzeugung, dass die, deren Blicke einen soeben durchbohrten, es auffangen und richtig anzuwenden weiß, auf dass – HALLO! – man es plötzlich mit der Angst zu tun bekommt, wenn doch eine Situation eintritt, die ansonsten nur kitschigen Groschenromanen vorbehalten bleibt, die zu lesen man sich verstiegen hat, weil da sonst nichts mehr war, die Leere auszufüllen, welche Bauchtritte und Geldscheine und – HALLO? – gefakte Fakes hinterlassen haben.

Das Display des Uraltklapphandys zeigte die Nummer meines Smartphones an. Statt ihrer Stimme hörte ich nur noch ihren Atem. Wie einfach doch alles war. Ich musste nur nicht antworten. Aber wollte ich das wirklich? Es war doch in Wirklichkeit alles noch viel einfacher. Hatte ich es nicht in der Hand? Ich musste einfach nur noch antworten und war weiter als mich alle Züge dieser Welt zu bringen vermochten. Ich war in einer anderen Geschichte, war nicht mehr ich selbst.

Zwei

Ich habe ihn geliebt, verstehen Sie? Ich habe ihn geliebt, wie man nur das erste Mal lieben kann. Ich habe ihn so geliebt, wie man jemand nur das erste Mal lieben kann. Ich habe ihn so geliebt, dass ich es sogar geliebt habe, seinen Schniedel zu küssen. Ich war wie Ruth Cutter in der von Brian Azzarello geschriebenen Comic-Reihe *Loveless*. Ich liebte seinen Schwanz. Ich weiß nicht, warum es so war, denn es war nicht unbedingt der beste Sex, den ich mit ihm hatte, aber ich liebte seinen Pimmelmann schon ganz besonders. Es war eben meine erste Liebe, verstehen Sie, was gibt es da noch groß zu erklären? Ich war glücklich. Wie man nur das erste Mal wirklich glücklich sein kann. Vollkommen ungeschützt. Vollkommen unvorbereitet.

Selig.

Umso härter traf mich, wie er mir den Laufpass gab. Es kam aus dem Nichts heraus. Es war mir vollkommen unverständlich. Er trug auch nichts zur Klärung bei. Ich wusste gar nicht, woran ich war. War ich ihm zu fett? War ich ihm zu dürr? War ich ihm zu klug? War ich ihm zu dumm? War ich ihm zu unterwürfig oder gar zu dominant? Er sagte es mir nicht. Er nannte mir keinen Grund. Er gab mir nicht die Chance, mich zu ändern, mich zu verbessern. Er ging einfach. Was dabei das Allerunverständlichste war: Er ging von mir nicht zu einer anderen. Er ging einfach und ließ mich zuerst rat-, dann rastlos zurück. Um nicht von der Leere neben und in mir erschlagen zu werden, stürzte ich mich in die Arbeit, investierte all meine Zeit und Energie in meine Karriere, bis ich ihn rein zufällig wiedertraf. Er war gerade auf dem Weg, einen Posten irgendwo im Ausland anzutreten. Ich fragte ihn nicht, ob es sich dabei um seinen Traumjob, eine Karrierestufe oder um pure Verzweiflung handelte. Er aber fragte mich sofort, nachdem er sich vom ersten Schrecken, mich so wiederzusehen, erholt hatte, ob ich einen Freund hätte oder verheiratet sei. Alles eine Frage des Timings und er hatte dieses Mal Glück, wenn auch nicht sofort, denn zunächst wehrte ich mich vehement. Sie verstehen mich? Noch war, schwülstig formuliert, die Leiche meiner Liebe zu ihm nicht erkaltet. Noch konnte ich die Bewegungen seines Schwanzes in mir spüren. Es glimmte da noch ein Fünkchen Hoffnung. Ich hatte lange gewartet und irgendwie hört das Warten nie auf, selbst wenn es sich gefühlsmäßig erledigt hat. Verstehen Sie, was ich meine? Ich war die RICHTIGE für ihn gewesen und warum hatte er das nicht sehen können? Es war doch so offensichtlich. Blies ich ihm etwa keinen, weil es mir ein so gottverdammtes Bedürfnis war, dass ich fast in Tränen ausbrach, wenn ihm mal nicht der Sinn danach stand? Gott, wie sehr hätte ich ihm bei unserer zufälligen Begegnung fast die Hose runtergerissen, um mich nur wieder wie Zuhause zu fühlen. Doch ich ließ es nicht zu. Ich durfte ihn nicht wieder an mich ranlassen. Seine Email-Adresse, die sich übrigens nicht geändert hatte, durfte er mir aber trotzdem aufdrängen. Den Zettel warf ich jedoch sofort weg, nachdem er wieder verschwunden war. Wozu ihn auch behalten, wusste ich seine Email-Adresse doch noch immer auswendig. Als sich im Angebot für Beziehungen zur Überbrückung längerfristiger Beziehungen eine existenzbedrohende Unterversorgung abzuzeichnen schien, schickte ich ihm dann doch eine Email. Was hatte ich denn auch zu verlieren? Er war weit weg. Er war so weit weg, dass er sich an einem

Freitagnachmittag nicht einfach ins Auto setzen konnte, um übers Wochenende zu kommen, wenn mir danach war. In einfachen Worten: Es war die reinste Langeweile. Mit anderen Worten: Er konnte mir nicht bedrohlich werden. Verstehen Sie? Ich hatte die Sache in der Hand. Ich hatte das Sagen. Dabei kann ich Ihnen nicht einmal genau sagen, was mich wieder zu ihm trieb. War es so, dass ich ihn immer noch liebte? War es die nie versiegende Hoffnung, dass er endlich sieht, welch einzigartiges Glück er damals einfach so achtlos wegwarf?

Gott, war ich auf der Hut. Nichts von ihm nahm ich einfach so hin. Wenn er jetzt schrieb, dass er mich liebte, hatte er mich vorher dann nicht geliebt? Die Antwort darauf gab er mir selbst – und sie tat weh, wenn auch mit der Zeit eher wie ein Phantomschmerz: Ja, ich habe dich damals gemocht, aber nicht geliebt. Jetzt aber liebe ich dich. – Wenn er mich nach eigener Aussage damals angelogen hatte, wie konnte ich jetzt seinen Worten Glauben schenken? Ich weiß nicht mehr, ob es eine bewusste Handlung von mir war, nachdem ich aber dieses Geständnis von ihm erhalten hatte, zog ich mich mehr und mehr zurück. Was Wunder! Er war Lichtjahre entfernt, während sich mein Leben und meine Karriere rasant fortentwickelten. So blieb es nicht aus, dass sein Bild, was ich von ihm hatte, bald nicht einmal mehr eine durch Sentimentalität unscharf gewordene Erinnerung war. So blieb es nicht aus, dass ich schließlich Emails eines mir Wildfremden erhielt, die mich in ihrer Beschwörung nostalgischer Halbwahrheiten im höchsten Maße anwiderten. Verstehen Sie die Ironie? Während ich ihn wie einen Gott angebetet hatte, liebte er mich nicht. Als er sich endlich in die frühere Version von mir verliebt hatte, war die aktuelle Version dabei, sich zu entlieben. Nichts half mehr als der Horror vor ihm und die Entfernung zwischen uns. Wer weiß, wie es ausgegangen wäre, wäre die Entfernung nicht gewesen. Wenn er da gewesen wäre. Bei mir.

In mir.

Mit mir.

Es gibt verschiedene Arten von Männern und zwischen meiner ersten Liebe und James hatte ich sie wohl so ziemlich alle durch. Die, die eine neue Mama wollen. Die, die nur ein Bett für die Nacht suchen. Die, die sich in ihrem Scheitern bestätigt sehen müssen. Die, die sich vor Unterhaltszahlungen drücken. Die, die die ganze Emanzipationsgeschichte falsch verstanden haben und sich nach oben schlafen wollen. Die, die wirklich eine Beziehung wollen, aber zu doof sind zu begreifen, dass das mit einem Playmate nicht zu haben ist. Die, die beste Intentionen haben, aber ein schlechtes Timing. Die, die sich nur schlagend vertragen. Die, die Frauen nicht verstehen. Die, die Frauen verstehen und sie dadurch gerade nie verstehen werden. Die, die sich sprachlich zu verständigen nicht in der Lage sind. Die, die nicht einmal über Nacht bleiben. Die, die weder wissen, was sie wollen, noch warum sie es wollen und weshalb sie deshalb tun, was sie da gerade zu tun versuchen. Alle, alle, alle und noch viel mehr hatte ich sie durch auf meinem Weg durch die Institutionen, bei meiner Suche nach dem, was mir verloren gegangen war. Bis ich James traf. Oder besser gesagt: Bis James mich traf.

Fünf Jahre jünger. Attraktiv. In höherer Stellung als ich. Vermögend. International sexy. Vorzeigbar. Charmant. Mich zum Lachen bringend. Mich bis zum Höhepunkt und darüber hinaus treibend. Mit einem Wort: PERFEKT. Zum Verlieben.

Er ließ nicht nach, bis ich endlich und endgültig einwilligte, seine Frau zu werden. Ich wusste nicht, wie mir geschah. Er durchbrach all das, was ich mir zu meinem Schutz um mich herum errichtet hatte. Er entwaffnete mich, indem er mir das Gefühl gab, geliebt zu werden, und mich dementsprechend behandelte. Er war glaubwürdig. Er liebte mich, wie ich es mir von meiner ersten Liebe gewünscht hätte. Er liebte mich wie seine erste Liebe. Nein, er liebte mich wie seine große Liebe, denn ich war seine große Liebe.

Die Geburt unseres Kindes war für ihn die Krönung dieser Liebe. Für mich war es ein unbeschreiblicher Moment. Der Beginn etwas völlig Neuem, etwas vollkommen Anderen, verstehen Sie? Rettung, wenn Sie so wollen, wenn es denn Rettung gewesen wäre.

Wenn ich damals nur gewusst hätte, dass es einen nur dann rettet, wenn man genau dann und nur so geliebt wird, wie man es genau dann und nur so braucht, die Sache wäre anders ausgegangen. Verstehen Sie, was ich meine?

Meine erste Liebe hätte mich wie seine erste Liebe lieben müssen, als ich mich ihr zu Füßen warf. Sie tat es nicht und nichts kann das je wieder gutmachen. Ich konnte mir außerdem nicht zu 100% sicher sein, dass James nicht doch früher oder später herausfand, wie fehlerhaft und falsch und wie ungenügend ich als Mutter war. Ich gab mein Bestes, aber immer gab es irgendwo eine Mutter, die viel besser als ich war. Wie unglücklich war ich mit ihm. Verstehen Sie?

Vielleicht war auch James nicht so perfekt, wie er mich glauben machte. Vielleicht war er doch nur ein George? Es gab eine ganze Welt da draußen. Milliarden von Männern. Mit Sicherheit gab es da auch den perfekten Mann, der das war und nicht nur ein guter Verkäufer seiner selbst wie Thomas. Wer konnte mich in Zeiten des Internets aufhalten, den perfekten Deckel für meinen Topf zu finden? Wer weiß, was sich ohne das Internet ergeben hätte. Dank des Internets war es jedenfalls ein Leichtes, Jack mit seinen eignen Waffen an der Nase herumzuführen. Es war kinderleicht, amouröse Treffen zu organisieren und vorzugeben, es handle sich um Geschäftstermine, wozu sie bei einigen zugegebenermaßen mit der Zeit auch wurden. Meine besten Stammkunden, die mir bis heute die Stange halten, lernte ich in dieser Zeit kennen.

Es geschah genau zu jener Zeit, in der sich mein kleines Start-Up-Unternehmen zu entwickeln begann, als ich gerade dabei war, mittels meines Smartphones eines meiner Rendezvous über meinen facebook-Account festzuklopfen, dass sich das Kleine von meiner Hand losriss, weil es vielleicht auf der anderen Straßenseite etwas Spannendes entdeckt hatte.

Das auf ihn zurasende Auto entdeckte es nicht.

Wie auch ich es nicht sah. Ich hatte nicht einmal richtig zur Kenntnis genommen, dass sich das Kleine losgemacht hatte. Wie hätte ich da das heranbrausende Auto sehen können, es gibt nun einmal wichtigere Dinge im Leben, als sich Autos anzuschauen, insbesondere wenn man kein Mann ist. Es gibt andere Dinge, die eine höhere Priorität besitzen. Ich mache hier überhaupt niemanden einen Vorwurf, verstehen Sie mich bloß nicht falsch. Das Kind von Joe trifft überhaupt keine Schuld. Wieso denn auch? Wo ich… wo ich… wo ich notgeile Sau mich einfach dafür rächen musste, dass er mich liebte, wie ich war. Ehrlich und aufrichtig liebte er mich und tat es ohne Hintergedanken ohne jede Hinterlist und ich wusste nicht, wie damit klar kommen, wie damit zurande kommen, wie damit fertig werden, wie damit leben, dass da jemand war, dessen einziges Glück es war, mich glücklich zu machen und mit mir glücklich zu sein. Verstehen Sie? Ich habe nicht ausgehalten, glücklich zu sein, weil es zu spät dafür war. Er war zu spät gekommen. ZU SPÄT, um mich zu retten. ZU SPÄT für das Kleine. Ich bemerkte es zu spät und hielt ihn noch, diesen verfluchten Plastikphallus, als das Kleine auf den Kühlergrill der Bonzenkarre zerplatzte wie eine auf dem Asphalt aufklatschende Melone. Ich hielt dieses Teufelsgerät noch, als dieses Bumbsmobil mein Kleines flachlegte und zwischen seinen harten Reifen entleibte. Ich hielt mich noch an diesem Stück Plastikschrott fest, als meine Beine längst nachgegeben hatten und ich nichts mehr war außer meinem Smartphone.

Verstehst du jetzt, was es mir so schwer macht? Ich habe deinen Blick gesehen und ihn verstanden. Aber ist das genug?

Die Frage ist hier nicht: Kann ich diesem deinen Blick vertrauen? Die Frage ist hier nicht einmal: Kann ich mir inzwischen wieder so weit selbst vertrauen, nicht wieder alles in Grund und Boden zu richten?

Nein, nein! Die Frage hier und jetzt lautet: Will ich mein Schicksal wieder von diesem Gerät diktieren lassen, das ich hier in meiner Hand halte?

Was verlangst du da nur von mir?

Bitte, bitte sag was!

Bitte, sprich mit mir!

Bitte, versteh mich doch!

Bitte, hilf mir!

Ich weiß nicht mehr weiter!

ZWISCHENSTOPP

Personal

- Hans Marflow
- Sachbearbeiter der Agentur für Arbeit
- Melanie
- Rainer Frank
- Pepper Mint
- Kukei
- alte Frauen im CafeHaus
- Toni

... und viele andere

Prolog

Und so endete unsere Geschichte.

1

Er sitzt am Fenster. Eingequetscht von der fetten Matrone. Er schaut aus dem Fenster. Er sieht nichts. Er bemerkt auch nicht die fette Matrone. Wie sie sich breit macht. Wie selbstverständlich sie sich breit macht. Und immer breiter. Und immer fetter und fetter. Und wie sie ihre Hand auf sein Knie legt.

Er schaut aus dem Fenster. Das Kinn aufgestützt. Gedanken verloren.

Seine Haltestelle kommt. Er quetscht sich an der überfetten Qualle vorbei. Er bemerkt sie nicht einmal dann. Er sieht weder sie noch sonst irgendwas, sonst irgendwen.

Er geht schnellen Schrittes die Straße entlang. Ganz automatisch. Schnell ist er an seinem Ziel angelangt. Er schließt die Tür auf. Er geht die Treppen hoch. Immer zwei Stufen auf einmal. Immer so wie immer. Ganz automatisch.

Ohne nachzudenken.

Er schließt die Wohnungstür auf. Er betritt die Wohnung. Die Tür fällt von selbst ins Schloß.

Er hat da schon Schuhe und Mantel ausgezogen. Die Tasche längst abgestellt.

Er geht ins Schlafzimmer. Er zieht sich um. Der Anzug verschwindet im Schrank.

Er setzt sich aufs Bett. Er schaut zur Tür.

Für einen Augenblick kehrt sein Blick zurück (zu mir).

Doch schon verliert er sich wieder.

Er steht auf. Er geht in die Küche. Er öffnet den Kühlschrank. Er holt sich Sachen aus dem Kühlschrank.

Er macht sich was zu essen.

Irgendwas.

Dabei schaut er irgendwas im Fernsehen.

Doch bleibt sein Blick nicht an der Mattscheibe kleben. Er verliert sich im HD-Geflimmere.

Im schrillbunten Rauschen

leerer Schatten.

Er steht auf. Er schaltet den Fernseher aus. Er bringt Teller und Glas in die Küche. Er spült Teller und Glas. Er stellt Teller und Glas zurück.

Er geht ins Bad. Er putzt sich die Zähne. Er wäscht sich das Gesicht.

Dann geht es ins Schlafzimmer. Er macht sich bettfertig. Er stellt den Wecker. Er legt sich ins Bett.

In der Dunkelheit wandert sein Blick zur Tür. Für einen Augenblick scheint es, dass er zu bemerken scheint, wo er ist. Für einen Augenblick scheint es so (, dass er mich sieht).

Aber da hat er die Augen schon längst geschlossen.

Es gibt scheinbar wichtigere Dinge.

2

Der Wecker klingelt.

Er ist schon wach. Er macht nun den Wecker aus. Er steht auf. Er macht das Bett.

Er geht ins Bad. Er putzt sich die Zähne. Dann nimmt er den Rasierer. Sein Blick fällt auf die Klinge und verharrt. Für einen Augenblick kommt sein Blick zurück (zu mir). Er wägt ab.

Dann seift er sich mit Rasierschaum ein. Er rasiert sich. Die Bewegungen ganz automatisch. Er kann sich mit geschlossenen Augen rasieren, ohne sich

zu schneiden. So sehr hat er das Rasieren schon automatisiert.

Nach dem Rasieren setzt er sich aufs Klo. Sein Blick schweift vom Rasierer zur Tür. Der Blick bleibt (an mir) hängen. Und wird

intensiver und intensiver.

Er masturbiert. Er kommt

schnell.

Sein Blick bricht ab. Mit Klopapier wischt er das Sperma von den Badekacheln ab. Dann geht er duschen. Dann geht er ins Schlafzimmer zurück. Er zieht sich an.

Der Anzug bleibt heute im Schrank.

Er geht zum Bahnhof. Er kauft dort DIE ZEIT. Dann geht er weiter. Sieht die Bettler und sieht sie nicht. Sieht die leeren Geschäfte und sieht sie nicht.

Schnellen Schrittes geht er zum CafeHaus. Zielstrebig. Automatisiert. Roboterhaft. Terminatored.

Er setzt sich an einen freien Tisch. Er bestellt, was er immer bestellt, wenn er im CafeHaus sitzt, auch wenn er es sich eigentlich gar nicht leisten kann.

Er schlägt die Zeitung auf. Den Teil mit den Stellenanzeigen.

Er liest die Stellenanzeigen. Er umkreist einige Anzeigen mit einem blauen Kugelschreiber.

Viele der Stellenanzeigen sind für Frauen, auch wenn das so nicht ausdrücklich in den Anzeigen steht.

Er ist keine Frau.

Aber für die Stellenanzeigen in der FAZ ist er nicht Manns genug.

Immerhin hat er heute aber überhaupt Anzeigen gefunden, während er getrunken hat, was er immer trinkt, wenn er im CafeHaus sitzt.

Während er zu sich nimmt, was er immer zu sich nimmt, wenn er im CafeHaus sitzt, schaut er sich noch einmal die Stellenanzeigen an. Dabei gleitet sein Blick einmal ab. Der Blick bleibt an einem Tisch hängen.

Doch nicht für lang.

Er sieht nicht wirklich, was er sieht. Er sieht, was er nicht wirklich sieht.

Was auch immer das sei.

Er trinkt aus. Er bezahlt. Er steht auf.

Er geht.

Zu Hause setzt er sich an den Computer. Für den Rest des Tages flickt er zwei Bewerbungen zusammen. Zwischendurch macht er eine Pause, um irgendwas in sich zu stopfen.

Was, weiß er nicht.

Am Abend sind die zwei Bewerbungen fertig.

Eingetütet.

Abwesend folgt er mit entseelten Blicken dem lustlosen Treiben entlebter Schatten auf der blanken Mattscheibe seines Fernsehers. Dabei stopft er sich wieder irgendwas rein. Ohne zu schmecken,

was.

Er hat seine Pflicht für heute getan. Was darf man mehr verlangen.

Irgendwann liegt er dann im Bett. Licht aus.

<u>3</u>

Der Wecker geht. Er macht ihn aus. Er steht auf.

Er macht das Bett.

Er geht ins Bad.

Zähneputzen.

Rasieren.

Duschen.

Abtrocken und zurück ins Schlafzimmer.

Er öffnet den Schrank.

Nicht dieser Anzug.

Der andere.

Bewerbungen in die Tasche gepackt. Mantel übergeworfen.

Auf dem Weg zur U-Bahn geht er bei der Post vorbei. Er schickt die Bewerbungen ab. Als Einwurfeinschreiben.

Erfahrung macht klug, sagt man.

In der U-Bahn sitzt er immer da, wo er immer sitzt, wenn er wie immer mit der U-Bahn fährt.

Dieses Mal bleibt der Platz neben ihm

leer.

Er merkt es nicht. Das Kinn aufgestützt schaut er aus dem Fenster. Er sieht die Tunnel vor seinem inneren Auge vorbeiziehen.

Seine Augen sehen nichts.

Auf der Arbeitsagentur muss er warten. Er ist nicht der einzige. Eine Frau wartet auch. Sie sitzt schon, als er ankommt. Sie sitzt da in einem billigen Jogginganzug.

Er setzt sich.

Nicht neben ihr.

Einen Stuhl weiter.

Er schaut sie nicht an. Er weiß nur, dass da noch ein anderes Nichts wartet.

Sein Handy geht. Er geht ran.

„Ja? … Oh! Hallo, du bist's! … Ja, ich hätte anrufen sollen. Aber du kannst dir vorstellen, wie es gelaufen ist, wenn ich nicht angerufen habe. … Ja, Toni war dabei. Ich glaube nicht, dass es was genützt hat. … Nein, es war schon wichtig, dass Toni mitgekommen ist. … Nein, nein, Rainer. … Ich weiß nicht. Auf dem Rückweg setzte Toni sich in eine freie Bank im Bus. Ich wollte mich gerade dazusetzen, da stürmte eine Horde Renter den Bus und puschte mich weg von Toni. Plötzlich fand ich mich einige Bänke weiter allein wieder. … Nein. … Nein, Rainer. … Hör zu, ich habe hier gleich einen Termin. Ich melde mich wieder bei dir, versprochen. … Ja, richte ich aus. Mach's gut! Danke für den Anruf! Du bist ein guter Freund. … Ja, ja. Machen wir. Tschau!"

Er drückt Rainer weg. Die Frau im Jogginganzug schaut weg. Sie hat das Gespräch aufmerksam verfolgt.

Er schaut auf sein Handy. Aufs Display. Für einen Augenblick sieht er, was er da sieht.

Da geht die Tür seines Sachbearbeiters auf.

Sein Sachbearbeiter sagt: „Ah, guten Morgen, Herr Marflow. Kommen Sie herein."

Herr Marflow macht, wie ihm geheißen.

Im Büro seines Sachbearbeiters setzt sich Herr Marflow wie aufgefordert auf einen Stuhl. Sein Sachbearbeiter lächelt ihn an. Er fragt: „Wie lief das Vorstellungsgespräch?"

Herr Marflow antwortet: „Sie sagten, dass sie sich melden werden."

Das Lächeln seines Sachbearbeiters ist wie angeklebt.

Herr Marflow sagt: „Ich habe heute Morgen schon zwei neue Bewerbungen gesendet. Ich rechne mir gute Chancen aus."

Sein Sachbearbeiter schaut auf ein Blatt Papier vor ihm. Er scheint abzuwägen. Zu überlegen. Schließlich gibt er sich einen Ruck.

Er reicht Herrn Marflow das Blatt. Er sagt: „Vielleicht bewerben Sie sich hier. Sie haben ja angegeben, sich auch für Stellen im Ausland zu interessieren."

Herr Marflow nimmt das Blatt entgegen. Er liest es.

Er schaut hoch.

Er sagt: „Das ist eine Stelle in China. 500 Euro im Monat. Keinerlei soziale Absicherung."

Sein Sachbearbeiter sagt: „Hier eine Stelle zu finden, ist für Sie so gut wie unmöglich."

Herr Marflow sagt: „Ich weiß. Für Leute wie mich ist es in Herne aussichtslos. Kein Wunder, dass die Arbeitsagentur dort für Akademiker nicht zuständig ist."

Sein Sachbearbeiter sagt: „Akademiker? Ich bitte Sie! Wollen wir die Kirche doch besser im Dorf belassen. Warum haben Sie nur nicht eine Ausbildung als Handwerker gemacht? Die werden immer gesucht. Überall in der Welt. Auch in Herne! Wenn Sie zudem schwarz dazuverdienen, kommen Sie in Deutschland als Handwerker selbst mit einem Mini-Job gut über die Runden. Als Akademiker dagegen? Wenn Sie ein Arzt oder wenigstens Krankenpfleger aus Rumänien oder von den Philippinen wären, kein Problem. Da könnten Sie sich in Deutschland zur Not auch als Tagelöhner auf dem Bau oder in der Landwirtschaft durchschlagen. Als Deutscher? Im Ruhrgebiet? Nur als Rentner. So ist das eben im Ruhrgebiet. Darum zeige ich Ihnen auch die Stelle in China. Die wollen Leute wie Sie. Man braucht Sie da. Die wollen auch viel lieber Männer als Frauen, weil die nicht gleich anfangen, blöd rumzuzicken oder gleich schwanger werden, um ja schnellstmöglichst wieder in den sicheren Hafen des heimischen Herds flüchten zu können. Aber das darf ich ja heute gar nicht mehr sagen. Was ein Glück, dass Sie weiß und ein Mann und deutsch sind. Sie verstehen, was ich meine."

Herr Marflow schaut von seinem Sachbearbeiter auf das Blatt Papier und wieder zurück. Er sagt: „Ich überlege es mir."

Sein Sachbearbeiter sagt: „Bewerben Sie sich. Es ist immer besser, mehrere Optionen zu haben. Seien Sie einfach mal für alles offen. Mit der ganzen Akademikerschwemme bleibt Ihnen auch gar nichts anderes übrig. Gegen jung, Frau und irgenson Quotengedöns haben Sie einfach nichts anzubieten. Denken Sie immer daran: Die 4 ist die 1 des kleinen Mannes."

Herr Marflow steckt das Blatt mit der Stelle in China in seine Tasche. Er sagt: „Danke für den guten Rat."

Herr Marflow erhebt sich. Auch sein Sachbearbeiter steht auf.

Sein Sachbearbeiter begleitet Herrn Marflow zur Tür. Er öffnet ihm die Tür. Er reicht ihm die Hand. Er sagt zu ihm: „Es wird schon. Sie bewerben sich. Sie geben nicht auf. Darum wird es eines Tages auch klappen."

Herr Marflow ergreift die ausgestreckte Hand seines Sachbearbeiters: „Danke. Auf Wiedersehen."

Herr Marflow tritt auf den Flur. Die Frau im billigen Jogginganzug sitzt immer noch auf ihrem Platz.

Als er an ihr vorbeigeht, sagt sie: „Geh nicht. Warte, bis ich hier fertig bin, Süßer."

Der Süße schaut die Frau im billigen Jogginganzug nicht an. Er setzt sich aber auf einen Stuhl direkt neben sie.

Sie aber steht auf und folgt ihrem Sachbearbeiter in sein Büro.

Sie bleibt dort nicht lange. Der Süße muss nicht lange warten.

Die Frau im billigen Jogginganzug nimmt ihn mit in die Innenstadt von Bochum, auch wenn sie wie er aus Herne kommt. Auch hat sie wie er einen Abschluss, mit dem sie im Ruhrgebiet nie was werden wird.

Sie erzählt viel, während sie im Mandragora sitzen, das so alt ist wie sie beide.

Der Süße hört zu oder

weg. Es ist

einerlei.

Die Frau im billigen Jogginganzug nimmt ihn mit zu sich. Es zeigt sich dort, was sich unter ihrem Jogginganzug versteckt. Der Süße nimmt es geflissentlich zur Kenntnis oder

auch nicht. Meine M

öse

ist so gut

wie jede

andere.

Sie reitet ihn.

Stunde um Stunde, während er auf ihre Schlafzimmertür starrt, während ein Orgasmus um den anderen durch ihr System wütet, sie durchrüttelt und durchschüttelt und kaputtplattniederwalzend sie vernichtend-zerstörend-verstörend durchglüht.

Irgendwann reißt er seinen Blick los (von mir). Er schaut auf den Radiowecker neben dem Bett des billigen Jogginganzugs, der sich als Melanie vorgestellt hat.

Da er ihren Rhythmus raus hat, timed er seinen Orgasmus mit einem ihrer Schluckauf-Schlucksrunter.

Sie kommen gemeinsam.

Er ballert voll ab und

Der billige Jogginganzug schaut ihn an, wie Frauen Männer ab einem bestimmten Zeitpunkt anzuschauen pflegen, und sagt: „Mein Süßer!", während er schon dabei ist, sich zu entwirren und anzukleiden.

Ihr Süßer sagt: „Versprich dir nicht zu viel davon."

Sie nickt.

Noch ganz benommen.

Sie lässt ihn gehen.

Und er geht.

Hat er mich aufgegabelt? Habe ich ihn aufgegabelt? Spielt das eine Rolle? Ich furze ihn an und er haut mir eine rein. Ich pisse ihn an und er tritt mir volle Kanne in den Bauch. Ich scheiße ihn zu und er brät mir mit der Pfanne eins drüber. Ich schreie ihn an, mich zu schlagen, und er tut es. Immer und immer wieder voll eins in die Fressefressefresse, bevor er mir seinen rotgeschwollenen Pimmel in den Rachen rammt und kommt und kommt und kommt und ich schlucke und schlucke und schlucke und schlucke, bis ich komme und ihn vollkotze.

Er nimmt mich bei den Haaren und schlägt meinen Kopf gegen die Wand, während er mich von hinten nimmt, bis wir kommen. Dann nimmt er mich und nagelt mich gegen die Wand, bis ich winsele und ihn anflehe, mir seinen Polizeiknüppel den wundgewichsten Arsch rauf zu rammen und mich von vorne zu rammeln.

Ein schmutziges Lächeln überzieht sein Gesicht, während ich dreckig lache, als er mir gehorcht und mich fi-fi-fi-fi-ficktficktfickt, bis ichichichich zerberstend platzend explodiere.

Endlich

Endlich habe ich jemanden so wie

ihn

... bis ich

PLA

4

Auf dem Weg von unserer Wohnung zum Bahnhof schaut er in unserem Briefkasten. Dort wartet ein Brief auf ihn. Er nimmt ihn heraus und liest den Absender. Er steckt den Brief ein.

Er geht zum Bahnhof. Er kauft dort die neue Ausgabe der ZEIT.

Obwohl er es sich nicht leisten kann, geht er ins CafeHaus, wo er bestellt, was er immer trinkt, und wo er, während er trinkt, was er immer bestellt, die Stellenanzeigen in der ZEIT liest.

Die Anzeigen, die ihn interessieren, kreist er mit einem blauen Kugelschreiber ein. Manchmal schweift sein Blick von den Anzeigen ab und durch den Raum des Cafés. Einmal scheint es so, als bliebe sein Blick an einem der Tische hängen, doch sein Blick ist zu unstet dafür.

Er hört das Gespräch zweier Frauen vom Nachbartisch.

„Hast du davon gehört? In den USA greift ein Kleinkind in die Tasche seiner Mutter, berührt die Waffe darin und PENG! Der Schuß tötet die Mutter! Was für eine Tragödie.“

„Ja, aber was ist das schon im Vergleich zu dem Blag in Amerika, das seine Eltern immer weggesperrt haben? Es durfte nie raus. Das Jugendamt oder wie das bei denen heißt war schon auf den Fall aufmerksam geworden, handelte aber wie bei uns nicht. Was machte das Gör in seiner Verzweiflung? Es knallte seine beiden Geschwister ab, die es bewachen sollten, und sich dazu. Wie dumm ist das denn? Da bringt das dumme Ding endlich den Mut auf – und murkst sich dann selbst ab?"

„Was nur für eine Tragödie! Wie sinnlos doch alles wird."

Er öffnet den Brief, der an Herrn Hans Marflow adressiert ist. Wie erwartet handelt es sich bei dem Schreiben um eine Einladung zu einem Vorstellungsgespräch.

Er weiß nicht, ob er sich freuen soll. Er schaut zu dem Nachbartisch. Zu den beiden Schnepfen. Dann schaut er zu der jungen Bedienung, die er sich nie wird leisten können.

Er denkt für einen Moment an die herrlich schönen Brüste unter dem billigen Jogginganzug.

„Es ist wirklich schrechlich", hört er da vom Nebentisch und schaut noch einmal auf die Einladung zum Vorstellungsgespräch.

Ist ein Vorstellungsgespräch hier mehr Wert als eine Zusage dort drüben?

„Was für ein Glück, dass so etwas bei uns nicht möglich ist", hört er da noch vom Nachbartisch, bevor er seine Sachen zusammenpackt und zahlt und

geht.

Kukci

Bis hierher ist er mir gefolgt. Sklavisch wie ein Hund, dessen Herrin ich bin. Nun zeige mir aber auch, wie Ernst du es wirklich meinst mit mir.

Ich drücke ihm das Rasiermesser in die Hand.

Er schaut von mir auf das Messer. Er schaut von dem Messer auf mich. Er schaut mir in meine Augen, die ihn anflehen, nicht nur so zu tun, als ob.

Er sieht mich (wirklich mich).

Er ist zu früh zum Vorstellungsgespräch. Er muss warten. Zusammen mit den anderen Kandiaten.

Er sitzt da. Er wartet auf seinen Einsatz.

China hat er bisher nicht abgesagt.

Er weiß nicht, was er denken soll. Soll er überhaupt denken? Was wollen die überhaupt von ihm? Geht es hier wirklich um etwas oder dient er nur dazu, Vorschriften genüge zu tun?

Warum sagt er nicht einfach China zu?

Besser, sich jetzt schon an die Zukunft gewöhnen.

Jemand tritt an ihn heran. Eine nicht unbekannte Stimme sagt: „Nein, so was! Du auch hier, mein Süßer?"

Er schaut auf.

Vor ihm steht eine Frau in einem Kleid, das ihrer Schönheit gerecht wird. Auch wenn er sie nicht wirklich sieht, erkennt er

sie wieder.

Ganz automatisch daher seine Reaktion: „Melanie! Was für ein Zufall!"

Die Frau im schönen Kleid lächelt ihn an: „Da haben wir uns auf die gleiche Stelle beworben, was?"

Sie lacht: „So werden aus Liebenden Konkurrenten, mein Süßer."

Er schaut sie zum ersten Mal richtig an. Ja, sie ist

schön. Sehr schön sogar.

Die sehr schöne Frau schaut von ihrem Süßen auf die anderen Kandidaten. Dann schaut sie wieder auf ihn. Sie wirkt nachdenklich.

Ihr Süßer fragt: „Was? Was starrst du mich so an?"

Die sehr schöne Frau schaut ihren Süßen nachdenklich an. Schließlich fasst sie einen Entschluss und greift nach seiner Hand.

Sie sagt: „Komm. Hier haben wir nichts verloren."

Ihr Süßer lässt sich wiederstrebend hochziehen. Sein offener Blick ist voller Fragen. Doch seine Lippen bleiben verschlossen.

Er weiß wieder nicht, was er denken soll. Es ist sowieso eh alles

egal.

Die sehr schöne Frau bemerkt den Zustand ihres Süßen. Sie legt ihm eine Hand auf die Wange und lächelt ihn an, wie Frauen ihren Stecher erst dann anlächeln, wenn er seinen Job wirklich geil gemacht hat.

Sie schaut ihn voller Liebe an.

Sie sagt: „Komm. Ich zeige dir was."

Die sehr schöne Frau zieht ihren Süßen mit sich, der ihr immer noch widerstrebend folgt.

Die anderen Kandiaten interessiert das alles gar nicht, auch wenn sie selbstredend alles mitbekommen.

Was geht sie die Dummheit anderer Leute an?

Die sehr schöne Frau führt ihren Süßen zu ihrem Auto, wo sie sich auf die Rückbank setzen.

Mit einem strahlenden Lächeln, das wehtut, nimmt die verstörend schöne Frau die Hand ihres Süßen in ihre Hände.

Sie küsst sie liebevoll und legt sie dann auf ihren Bauch.

Ihr Süßer schaut sie an, als erwache er aus einem Traum: „Was...?" fragt er.

nft.

Epilog

Ich zwängte mich in den freien Sitz neben ihm. Er schaute hoch, als ich seine Hand in die meine nahm.

„Und?" fragte ich. „Hast du mich vermisst?"

„Hab ich dir gefehlt?" fragte ich.

Und lächelte

(wie) frisch verliebt.

Leerlauf. Handlungen

anderswo

Glenn Mulligan

Positive Resonanz sah anders aus, von überwältigender Resonanz ganz zu schweigen. Mein Agent hatte mich gewarnt, dass dieser Ort im Herzen des Ruhrgebiets in keiner Weise mit Berlin vergleichbar sei. Dabei war das Ruhrgebiet streng genommen größer als Berlin, ergo: mehr potentiell Interessierte. Und was war mit der hiesigen Kulturdichte, auf die Leute aus dem Ruhrgebiet immer voller Stolz hinwiesen? War es nicht auch einmal Kulturhauptstadt Europas gewesen?

Doch schaute man sich diesen Ort an, schien Kultur, wenn überhaupt, nur aus Grünflächen und Autos mit Aufklebern von Schalke 04 und von Borussia Dortmund und von einem dritten Verein, dessen Wappen mir aber nichts sagte, zu bestehen. Tja, und für richtige Kultur schien sich nur ein kümmerliches Grüppchen Achtzigjähriger zu interessieren. Diesen Eindruck hatte ich zumindest, als ich während meiner Lesung den Fehler beging, mir die Zuhörerschaft einmal genauer anzuschauen: Diese Leute kommen also zu einer Lesung in der ältesten und angesehensten Buchhandlung dieses Ortes? War das jetzt die geistige Elite, die sich hier versammelt hatte, um mir beim Vorlesen zuzuschauen? – Ich wollte mir gar nicht ausmalen, wie es ansonsten mit dieser Stadt, nein, mit der ganzen Region bestellt war. Die Love-Parade-Katastrophe von 2010 erschien mir kein Zufall mehr.

Umso überraschter war ich von der Szene-Kneipe, in die mich und meinen Agenten die Buchhändlerin nach der Lesung führte. Der Laden trug zwar unsinnigerweise den Namen CafeHaus, aber Atmosphäre hatte der Schuppen, das war fast Berlin-reif!

Wir setzten uns an einen der Tische am Fenster und der gemütliche Teil des Abends begann. Er entwickelte sich recht unterhaltsam, bis ich auf einmal den Drang verspürte, eine gewisse Örtlichkeit für kleine Mädchen aufzusuchen. Die Örtlichkeit befand sich im rückwärtigen Teil des Etablissements. Auf dem Weg dorthin kam ich an einem Tisch vorbei, an dem ein junger Mann saß. Er mochte vielleicht ein bisschen älter als ich sein, aber auch nur so gerade. Je näher ich kam, umso jünger wirkte er nämlich auf mich. Er saß da, eine Latte Macchiato neben und ein Buch vor sich, in das er vertieft schien.

Es war nicht die Latte zu ungewöhnlicher Stunde, weshalb er mir auffiel. Es war auch nicht sein Aussehen – oder war es schon, denn wie ich ihn mir, wie er so einsam dasaß, auf meinem Weg zum Scheißhaus so ansah, erkannte ich in ihm einen der wenigen Männer aus dem Publikum. Er war bei der Lesung gewesen und hatte nicht nur den Männeranteil um 50% erhöht, sondern auch das Durchschnittsalter um gefühlte 50000 Jahre gesenkt. Aufgrund dieser Umstände war er zum einzigen Lichtblick während der Veranstaltung mutiert. Nur war er viel zu früh verschwunden.

Ich verschwand auf der Toilette und entwickelte mit großer Leidenschaft eine noch größere Idee, die ich sogleich in die Tat umsetzte, nachdem ich das Onanierstübchen wieder verlassen hatte.

Ich ging zum Tisch mit dem Jüngling und plapperte einfach so drauflos: „Hey, wie gibt's denn sowas? Du warst doch grad bei mir auf der Lesung, nicht wahr?"

Langsam wanderte der Blick des Bübchens von den Seiten seines Buches zu mir. Würde er in Berlin mit diesem Tempo eine Kreuzung überqueren, er wär schon lange tot und vermodert im Randstein. Schließlich hatte er mich aber doch im Fokus.

„Ja, und Sie ebenfalls", sagte er und wollte sich wieder seinem Buch widmen. Auf was für Gedanken kam der denn da nur? Hey, ich rede mit dir!

„Du hast aber mein Buch gar nicht gekauft und Dir auch nicht meine markengeschützte Signatur abgeholt. Wieso das? So funktioniert das nicht. Hat dir das nicht deine Deutschlehrerin beigebracht? Mein Job als Schriftstellerin bei einer Lesung ist es, aus meinem Buch vorzulesen und es anschließend zu signieren. Dein Job als Publikum ist es nach der Lesung, das Buch zu kaufen und es mir zum Signieren zu reichen. Wieso hast du dich nicht an die Abmachung gehalten?"

Sein Blick, wieder zurück zu den Seiten seines Buches, stoppte auf halbem Wege und verweilte im Nichts. Am liebsten hätte ich ihm seine Latte über die Seiten geschüttet. Schließlich kletterte sein Blick aber wieder zu mir.

„Ach, wissen Sie, ich hab's nicht so mit Büchern", sagte er, ohne mit der Wimper zu zucken, und senkte wieder den Blick auf sein Buch. Ich wusste nichts zu erwidern. Was denn auch, wo er mich hier einfach so stehen ließ. Wie ein begossener Pudel stand ich da. Dumm und nutzlos. Bevor ich zu meinem Tisch zurückging, versuchte ich aber noch, einen Blick auf sein Buch zu erhaschen. Was las so einer nur?

Sein Buch kam mir bekannt vor, was kein Wunder war, denn es handelte sich um mein Buch. Ich war bedient.

Zurück an meinem Tisch fragte mich mein Agent: „Mit wem hast du denn da ein Pläuschchen gehalten?"

„Der war vorhin bei der Lesung", erwiderte ich.

„Ja, jetzt erkenne ich ihn auch wieder", sagte mein Agent nach einem kurzen Blick auf das Bürschchen. „Er hat dein Buch nicht gekauft."

„Ich weiß, er hat es schon. Er liest grad darin", sagte ich.

„Das Exemplar hat er letzte Woche bei uns bestellt", schaltete sich da die Buchhändlerin ein. Auch sie hatte nun einen Blick auf die einsame Figur in der Ferne geworfen.

„Sie kennen ihn?" frage ich.

„Das ist Alex Jenderny. Er ist einer unserer besten Kunden", sagte sie. „Es wundert mich, dass er das Buch nicht von Ihnen hat signieren lassen."

„Vielleicht mag er es nicht", sagte ich.

„Kann sein. Er liest viel. Er kann sehr nett sein", sagte die Buchhändlerin.

„Vielleicht mag er mich nicht", sagte ich.

„Ich glaube, er ist auf eine meiner Mitarbeiterinnen scharf. Vielleicht ist es das. Sie war heute nicht da. Sicher bin ich mir bei dieser Vermutung aber nicht."

Bevor ich explodieren konnte, wechselte mein Agent das Thema und der Abend war recht schnell wieder ein gemütlicher und unterhaltsamer.

Eigentlich hatte ich nicht vor, wieder in dieses merkwürdige Kaff im Herzen des Ruhrgebiets zu kommen, doch als das Jahr darauf die Lese-Tour für mein neues Buch anstand, war es wie verhext: Einzig und allein die altehrwürdige Buchhandlung in diesem seltsamen Ort konnte mir für den Tag, an dem eine Lesung in der Region Ruhrgebiet vorgesehen war, Räumlichkeiten anbieten. Dabei wäre ich nur zu gerne nach Essen oder Dortmund gegangen. Ich hätte mich sogar mit Bottrop oder – die volle Tolle! – mit Duisburg zufrieden gegeben, auch wenn die Love-Parade-Katastrophe mich dort 90% meiner Leser gekostet hat. (Ja, was? Geschmacklos? Herzlos? Pietätlos? Ist nun einmal die Wahrheit!) Es sollte aber nicht sein. Kein Essen, kein Dortmund, kein Bottrop, kein Duisburg. Und so trat ich wieder vor einem Seniorenheim auf Freigang auf, weit und breit kein Mensch unter 300 im Publikum. Einzig die Mitarbeiterin der Buchhändlerin war die einzige Person unter 30 im Raum.

War also die Lesung selbst mal wieder nicht der große Hit, legte man Berliner Verhältnisse als Maßstab an, so freute ich mich doch auf den abschließenden Absacker im CafeHaus. Als Entschädigung gewissermaßen für diesen wenig ansehnlichen Endpunkt der Tour, als der Lichtblick, der dem Ganzen wenigstens ein bisschen Glanz verlieh.

Wie schon vor einem Jahr saßen ich, mein Agent und die Buchhändlerin an einem der Fenster und gerade als der Abend besonders gemütlich und unterhaltsam war, musste ich auf das Örtchen für unbescheidene Mädchen.

Wie schon vor einem Jahr kam ich dabei an einem einsamen Tischchen mit einem einsamen Männchen vorbei. Ein zweiter Blick bestätigte meine erste Vermutung: Es handelte sich dabei wirklich um das Jüngelchen, was mich letztes Jahr abblitzen ließ.

Wieder hatte es eine Latte Macchiato neben und ein Buch vor sich, in das es vertieft schien. Es schien, als hätte es das ganze letzte Jahr über nichts anderes getan.

Während ich auf dem Lokus wie immer mit großer Leidenschaft an größeren Ideen baute, überlegte ich mir, es dem Knaben heimzuzahlen. Und als das Bauwerk endlich Gestalt angenommen hatte, war ich auch in der passenden Stimmung dazu. Ich bezog Positur.

„Schau mal einer an. Wen haben wir denn da? Wo warst du denn grade eben? Ich habe dich bei meiner Lesung vermisst", knallte ich es ihm an den Kopf. Und er?

Wie schon letztes Jahr, ich erinnerte mich genau, wanderte auch jetzt sein Blick ganz langsam von seinem Buch zu mir. Dieses Mal aber lächelte er mich an, als er sagte: „Ach, wissen Sie, ich hab's nicht so mit Büchern."

Auch an diesen Satz erinnerte ich mich und schlug ihn den links und rechts um die Ohren: „Hat deine Platte einen Sprung, oder was? Das hast du schon letztes Jahr gesagt."

„Dann wird's wohl stimmen", erwiderte er und ich wollte schon explodieren, da bemerkte ich, dass sein Buch, das er da las, mein neues Buch war. So konnte er mir nicht kommen!

„Warum liest du dann mein neues Buch?" fragte ich ihn.

Das Lächeln blieb: „Es kann nicht schaden, seine Meinung über Bücher mit Fakten zu untermauern."

Ich ging zu meinem Tisch zurück.

„Na, wieder auf Tuchfühlung mit dem Leser?" fragte mein Agent. „Ich erinnere mich irgendwie an ihn."

„Ja, er war letztes Jahr bei der Lesung hier. Dieses Jahr aber nicht. Mein neues Buch liest er trotzdem", sagte ich.

„Bei uns hat er es nicht gekauft", schaltete sich da die Buchhändlerin ein. „Ich habe Herrn Jenderny auch schon lange nicht mehr bei uns gesehen. Ich weiß zwar, dass er berufsmäßig immer wieder mal außerhalb der Stadt ist, doch war er wirklich schon lange nicht mehr bei uns. Ob es an meiner Mitarbeiterin liegt? Ich glaube, er wollte mal was von ihr. Sie haben Sie übrigens vorhin kennen gelernt. Wenn doch nur alle wären so wie sie…"

Weder mein Agent noch ich gingen darauf ein, so dass der Abend zwangsläufig bald wieder zu seiner Gemütlichkeit und Unterhaltsamkeit zurückfand. Ich ertappte mich aber von Zeit zu Zeit dabei, wie ich versuchte, unauffällig zu dem Bürschchen mit seiner Latte rüber zu linsen.

Je länger der Abend dauerte, umso gemütlicher und unterhaltsamer er wurde, umso mehr wandelte sich meine Meinung über die Mitarbeiterin der Buchhändlerin. Ich hatte sie nicht gemocht, schon auf den ersten Blick nicht. Nach den Worten der Buchhändlerin sah ich sie aber in einem anderen Licht. Und je mehr die Worte ihren Zauber taten, umso ausgelassener wurde ich. Hey, die heutige Lesung vor dem Rentnerkollektiv war zudem die letzte dieser Tour gewesen. PAAAAAAAAAAAAAAAAAAAAAAAAAAAAAAAAAAAAAARTY!!

Als ich am nächsten Morgen aber aufwachte, konnte ich mich gar nicht daran erinnern, den Weg zurück ins Hotel gefunden zu haben. Wahrscheinlich war die Erinnerung daran irgendwo unter all den Kopfschmerzen verschütt gegangen. Ich hatte einen mordsmäßigen Kater. Am besten wäre es wohl gewesen, einfach liegen zu bleiben, bis der Schmerz verzogen war. Aber so eine war ich nicht. War ich erst einmal wach, musste was passieren, musste ich in irgendeiner Form bespaßt werden. Einfach so daliegen und den toten Mann markieren, war nicht drin, mochte ich den Tag auch dreimal verfluchen, an dem die Menschheit auf die Idee gekommen war, Cocktails zu wi… äh… mixen. (War ich heute mal wieder witzig.)

Ich schleppte mich ins Bad, warf mir dann irgendwas über und machte mich aus dem Hotel. Nach dem Frühstück wär mir nicht einmal gewesen, wäre es dafür nicht schon zu spät gewesen. Nach meinem Agenten war mir augenblicklich auch nicht. Wofür hatte man so was, wenn es einen nicht davon abhielt, sich gesundheitsgefährdende Dinge anzutun? Wieso setzte sein Verantwortungsbewusstsein augenscheinlich erst dann ein, wenn es darum ging, mich Alkoholleiche ins Hotel zu überführen? Wo blieb denn da der Spaß?

Ich war schon wieder mitten in der Stadt, ohne es richtig registriert zu haben. Ich lief ja auch nur auf Autopilot, ich lief den Alkohol aus meinem System. Hoffte ich zumindest. Wohin ich lief und dabei geriet, war mir schnuppe, Puppe. Hauptsache, ich entkam dem Kopfschmerz, du mein ganzes Herz.

Schließlich blieb ich dann aber doch einmal stehen. Ganz unvermittelt. Im ersten Moment war mir nicht klar, wieso, bis ich mir die Mühe machte, Einzelheiten erkennen zu wollen, ja, bis ich mich dazu regelrecht gezwungen hatte.

Wie in einem Thriller durchschnittlichen Unterhaltungswertes hatte es den Verbrecher zurück an den Tatort getrieben. Ich stand, nein, nicht vor der Buchhandlung, sondern vor dem CafeHaus. Und wen sah ich da, als ich da so durch die großen Fenster ins Innere schaue? Das Männchen einsam an seinem Tischchen mit seiner Latte und seinem Buch. Natürlich. Wie immer. Wo war nur die knackige Bedienung vom Vorabend, die mich für diesen unerwünschten Anblick entschädigte? Das Auge isst bzw. trinkt bekanntlich mit. Hatte ich da jetzt nicht Regressansprüche?

Ich stolperte ins CafeHaus und suchte mir einen Tisch weit genug von diesem Bürschchen entfernt, um ausreichend Abstand zu haben, auf dass meine Objektivität nicht verlustig ginge. Außerdem war die Bedienung vom Vorabend wahrhaftig nicht da. Dafür eine kleine Blonde. Jung und hübsch. Dazu mehrere mittleren Alters, die der Klasse dieser Location entsprachen. Es war fast wie Berlin, wie ich nicht umhin kam, erneut zu bemerken.

Die Blonde war echt hübsch. Was versprach sie sich jetzt nur davon, sich jetzt so weit vorzubeugen, dass er jetzt voll freien Blick auf ihre jetzt vollen Riesentitten hatte? Mädel, der hat nur Augen für sein Buch, wollte ich da rufen und laut loslachen über so viel Dummheit. Wie konnte sie so einen nur mögen?

Das Lachen blieb mir im Halse stecken. Und das verdankte ich nicht meinem Kater, sondern der Tatsache, dass er sich trotz aller Versunkenheit in sein dummes Buch irgendwie doch noch woanders vertiefte. Für einen kurzen Augenblick zumindest.

Ich kriegte es volle Latte mit und die echt gräßliche Blondine auch. Ich wollte schon wieder aufstehen, ohne überhaupt bestellt zu haben. Mir war schon so schlecht genug und das ließ die Milch in meinen Titten einfach nur sauer werden. Es war einfach nicht zum Aushalten. Aber wozu sich über Männer und Frauen aufregen? Sie sind, wie sie sind. Ich blieb also sitzen, auch deshalb, weil eine der Kellnerinnen mittleren Alters mit Klasse statt Rasse (Uh! Der war jetzt aber echt übel! Ich gebe es zu.) an meinen Tisch gekommen war, um meine Bestellung aufzunehmen. Ich bestellte irgendwas Flüssiges ohne Alkohol, von dem ich hoffte, dass es positiven Einfluss auf meine Kopfschmerzen nehmen würde.

Es dauerte, bis ich auch den letzten Rest dieser schauerlichen Flüssigkeit schlückchenweise zu mir genommen hatte. Und ja, als nichts mehr im Glas war, meinte ich auch, eine Verbesserung meiner Lage zu spüren – zumindest im Promillebereich. Bis dahin aber hatte ich in meiner Ecke nur dahingedämmert wie ein Boxer nach einem Schlag auf sein Glaskinn. Einzig wenn sich mein Blick mal zu dem Muttersöhnchen da drüben in Sibirien verirrte, drang etwas von der Außenwelt in meinen Fokus. Ich sah sehr genau, wie er mit der Bedienung umging. Mit allen von der Bedienung, nicht nur mit der Obsthändlerin. Ich kriegte mit, wie er bezahlte und ging.

Mich kriegte er nicht mit.

Als mein Handy ging, war das Milchbübchen schon lange verschwunden und ich wieder einigermaßen verkehrstauglich. Am Apparat war mein Agent.

Zeit, aufzubrechen.

Ich bezahlte bei der mit den ausgedörrten Kirschkernen und nutzte die Gelegenheit zu Recherchezwecken.

„Mal von Frau zu Frau: Wieso hast du dem deine Glocken gezeigt?" fragte ich sie. „Magst du den?"

Sie wusste sofort, von wem die Rede war: „Was meinen Sie?"

„Ist es wegen des guten Trinkgeldes, das er gibt?" hakte ich nach. „Er gibt viel Trinkgeld. Ich habe es gesehen."

„Er ist nett", antwortete sie ausweichend.

„Dann magst du ihn also? Deswegen hast du ihm deine Euter ins Gesicht gepresst. Na, komm, ich habe gesehen, wie er vollen Einblick nehmen konnte. Der hat nicht nur dran gezogen, der hat volle Latte inhaliert. Das war voll von dir beabsichtigt."

„Er ist nett", wiederholte sie daraufhin. „Er ist nett, aber auch seltsam. Sehen Sie, ich bin keine Studentin, die den Job hier nur nebenbei macht. Ich bin ausgebildete Kellnerin. Das hier ist nicht meine erste Arbeitsstelle. Ich weiß, was es für Gäste so gibt. Es gibt solche und solche."

„Und zu welcher Gruppe gehört er?"

„Schwer zu sagen. Er kommt jeden Tag hierher. Er ist freundlich zu jeder einzelnen von uns. Manchmal ist er so freundlich, dass es den Anschein hat, die eine Kellnerin mag er besonders. Aber das wechselt. Er ist nicht beständig."

„Ich weiß. Ein Schmetterlingsmann", sagte ich und nickte, worauf sie mich verständnislos anschaute, worauf ich mich gezwungen sah, anzumerken: „In dem Roman *Suzie Wong* – das ist ein Buch, ja? – wird ein solches Verhalten beschrieben und der Mann deshalb Schmetterlingsmann genannt. Er flattert von Blüte zu Blüte und will sich nicht festlegen, ja?"

Jetzt nickte auch sie: „Ja, so ungefähr. Aber nicht ganz. Er ist sehr nett zu uns, aber nie zu nett. Es gibt Gäste, die nutzen sich jede bietende Gelegenheit, auch wenn da gar keine ist. Er aber hält Abstand."

„Darum hast du ihn tief in dein Inneres blicken lassen."

„Ich war neugierig. Ja, ich habe ihn provoziert. Er sieht ja auch nicht schlecht aus. Gut möglich, dass er einfach nur schüchtern ist."

„Das wird es wohl sein", sagte ich, zahlte und wollte mich auf dem Weg zurück ins Hotel machen. Ich musste es dann aber doch wissen: „Hat er reagiert, wie du es erwartet hast?" fragte ich das Busenwunder, worauf sie den Kopf schüttelte.

„Nein", sagte sie und ich hörte nicht raus, um welches ,Nein' es sich handelte. Ich erklärte mir dieses Unvermögen als Spätfolge der letzten Nacht und beließ es dabei.

Auf dem Weg zurück zum Hotel begann ich mir Gedanken darüber zu machen, was ich nun anstellen sollte. Die Tour war vorbei, Projekte standen momentan keine an. Ich hatte Ferien, Urlaub, und noch keine Idee, was ich damit anfangen sollte.

Ein Gesicht sagt mehr als tausend Worte, besonders, wenn es so aussieht, als hätte man volle Kanne da hineingeschlagen. Diesen Eindruck machte zumindest mein Agent auf mich, nachdem ich ihm meine Idee für ein neues Projekt unterbreitet hatte.

„Was stimmt mit der Idee nicht?" fragte ich.

„Unter konzeptionellen Gesichtspunkten betrachtet oder von der kaufmännischen Seite her?" fragte er zurück.

„Beides", antwortete ich.

„Was die Konzeption anbelangt, so stimmt gar nichts daran", sagte er. „Was das Kaufmännische anbelangt: So ein Produkt kann ich nicht verkaufen."

„Ja, aber…", wollte ich loslegen, musste aber erst einmal überlegen, bis mir doch noch etwas zu der Verteidigung meiner Idee einfiel: „… was ist mit Frank Goosen?"

„Frank Goosen ist eine etablierte Marke aus dem Ruhrgebiet für das Ruhrgebiet. Wenn er tonnenweise Klischees über das Ruhrgebiet schreibt, finden das alle super, selbst die, die das Ruhrgebiet kennen und es besser wissen müssten. Er ist Frank Goosen. Er darf das. Du nicht. Solltest du dich auch nur in einer Sache irren und sei es, indem du dich beim Abtippen einer Zahl versehentlich vertippt hast, wird man es dir noch in 30 Jahren unter die Nase reiben. Frank Goosen ist eine Marke und das Ruhrgebiet ist sein Markenzeichen. Wenn, dann mach es mit Berlin. Da hast du auch deine Türken und die ganzen heruntergekommenen Slumviertel. Bring dann noch deine eigene Migrationsgeschichte rein – fertig ist das verkaufbare Produkt. Glaub mir: Von den Rentnern, die von hier sind, abgesehen, interessiert sich keiner für das Ruhrgebiet. Für die Menschen außerhalb sind das hier alles Assis."

„Woher weißt du so viel über das Ruhrgebiet?" fragte ich.

„Alter Kölner Stadtadel", erwiderte er.

„Ja, aber ist das denn nicht unheimlich interessant?" versuchte ich einen neuen Anlauf. „Während im Osten blühende Landschaften geschaffen werden, verfällt der

Westen. Die, für die der Osten sein System gestürzt hat, fallen hinter die Entwicklung des Ostens zurück. Es ist, als hätte der Westen den Kalten Krieg verloren – oder zumindest den Frieden, der darauf folgte."

„Punkt 1: Keiner in Westdeutschland will das hören. Das verstehst du nicht. Punkt 2: Niegelnagelneue Autobahnen und restaurierte Innenstädte machen keine blühenden Landschaften. Sieh dir doch nur die Einkaufsstraße dieser Stadt hier dazu an: Viele aufgehübschte Häuser aus der Gründerzeit. Und darin: nichts, weil Leerstand, oder 1-Euro-Läden."

„Ich kenne nicht viele Städte mit einem Schuhladen in einer Kirche", warf ich ein.

Mein Agent schüttelte den Kopf: „Zu wenig, es sei denn, du bist Erwin Strittmater und selbst der hatte einfach nur Glück mit seiner Klitsche. Abgesehen davon: Was willst du denn nun machen? Ein Buch über das Ruhrgebiet oder einen Ost-West-Vergleich?"

„Warum kann ich nicht beides kombinieren?"

„Weil a) das Buch keiner kaufen wird und b) dir nur Menschen applaudieren werden, die das Ruhrgebiet sowieso noch nie gemacht haben, und das auch noch aus den falschen Gründen."

„Wenn die Menschen außerhalb des Ruhrgebiets das Ruhrgebiet so schrecklich finden, wie kommt es dann, dass so viele Dortmund und Schalke so voll super finden?"

Mein Agent atmete tief durch: „Mal abgesehen davon, dass viele Menschen gar nicht wissen, wo Schalke überhaupt liegt: Fußball ist Fußball."

„Dann kann ich doch was über den Fußball im Ruhrgebiet machen."

Mein Agent schüttelte den Kopf: „Dafür bist du zu spät. In die Nische kommst du nicht mehr rein, außer du bist vielleicht persönlich Freund mit Ralf Piorr."

„Dann eben nur was mit Ruhrgebiet", sagte ich. Beharrlich. Trotzig.

Herausfordernd.

„Das verkauft sich nicht. Nicht als Berlinerin, die aus München kommt."

„Und als Russin?" fragte ich.

„Ich werd dich nicht als weiblicher Wladimir Kaminer verkaufen". Mein Agent schüttelte den Kopf.

Energisch.

„Abgesehen davon: Russen und das Ruhrgebiet? Was ist das denn? Verwestliche Russen, sprich: Polen, ja, früher. Historischer Roman. Literatur, die vom Hic et Nunc handelt: Ruhrgebiet nur mit Türken oder Italienern. Aber *Solino* war schon und Türken taugen nichts für Romantik. Die wurden und werden als Kanaken beschimpft und verunglimpft. Das sind die Nigger Deutschlands. Ihr Image ist zu schlecht. Das verkauft sich nicht. Kurz: Das Image der

Türken ist scheiße. Das Image des Ruhrgebiets ist scheiße. Nicht umsonst nennt man das Ganze jetzt ‚Ruhrpott‘. Klingt wie Plumpsklo und es ist auch echt scheiße."

„Dann lass uns aus Scheiße Gold machen", entgegnete ich.

Mein Agent kam zu mir und legte seine Hände auf meine Schultern: „Das mag jetzt hart klingen, aber du hattest bisher Glück. Und mich. Darum wirst du auch weiterhin Glück haben. Glaub nicht, dass es auf Dauer ausreicht, Frau zu sein und über die grad marktläufige Migrationsgeschichte zu verfügen. Lass ab von der fixen Idee, dass ein Buch über, in, von oder mit dem Ruhrgebiet dir was nützt."

„Warum kannst du mir nicht einfach sagen, dass du ein Buch über das Ruhrgebiet nicht machen möchtest? Ich denke, dass es das ist. Es ist nicht sexy genug", sagte ich, während ich seinem Blick standhielt.

Augenblicklich ließ er mich los. Er knöpfte sein Sakko zu, während er mich halb und halb ansah: „Okay. Weißt du, was ich dir sagen werde? Verbring ein paar Wochen hier, schreib was darüber und ich werde schauen, was sich daraus machen lässt, okay?"

„Okay", sagte ich, obwohl ich wusste, dass seine schönen Worte nichts weiter als eine verklausulierte Zurückweisung meiner Idee war.

„Gut", sagte mein Agent und wandte sich zum Gehen. In der Tür blieb er noch einmal stehen: „Wo wir das jetzt geklärt hätten: Kann ich dir noch mit irgendetwas dienen? Irgendwelche besonderen Wünsche?"

Da musste ich nicht lange überlegen: „Wie wäre es mit einem Filmdeal?"

„Ein Filmdeal? So. Wenn`s weiter nichts ist: gebongt. Irgendwelche besonderen Präferenzen? Babelsberg, Bollywood oder Hollywood?"

„Wo gibt es denn das meiste Geld zu holen?"

„Was für eine Frage! Die Antwort darauf offensichtlich."

„So offensichtlich wie meine Präferenz?"

Mein Agent lächelte sein Lächeln: „ Ich denke schon. Ich sehe, was sich machen lässt", sagte er, drehte sich um, winkte und verschwand mit einem „Ich melde mich. Schreib du nur was, was noch keiner geschrieben hat." durch die Tür.

Ich ließ mich müde auf mein Bett fallen. Ich wusste, was er in Wahrheit mit seinem letzten Satz sagen wollte: Schreib, was ich verkaufen kann. Aber vielleicht musste das eine das andere nicht zwangsläufig ausschließen. War es nicht vielmehr so, dass das eine das andere bedingte? Mit diesem positiven Gedanken schlief ich ein.

Ein Ruhrgebietsbuch? Vollkommen ausgeschlafen und voll nüchtern war die Idee bei Lichte betrachtet wahrlich nicht der heiße Feger. Und je weiter ich mich bei meinen ersten Erkundungsgängen für das neue Projekt in das Örtchen hinauswagte, umso schneller kehrte völlige Ernüchterung ein. Sexy war dieses Stille Örtchen wahrhaftig nicht, mochte es auch arm und voller Türken wie Berlin sein. Aber Berlin war ja auch schwul und die Türken in Wahrheit

Pakis, die die Berliner in ihrer Ignoranz für Bergtürken hielten. Das Kaff hier war nicht einmal homophob. Der einzige Platz in dem verschlafenen Nest, an dem ich mich zumindest ansatzweise inspiriert fühlte, war das CafeHaus, mochte da auch dieses haarlose Milchbärtchen wie die Spinne in ihrem Netz hocken. Aber abhalten ließ ich mich davon nicht. Es war wie die Zusage, die mir mein Agent bei seinem Abgang hinterließ. Zur Not konnte ich seine Floskel wörtlich nehmen. Im schlimmeren Fall konnte ich mich mit meinen mangelnden Deutschkenntnissen herausreden. Und wenn auch das nicht helfen sollte und die Scheiße wirklich am Stinken war wie ein knoblauchfressender Vampir aus seinem Hals, konnte ich immer noch mein Frausein ins Feld führen. Die Waffen einer Frau: Dummheit, Worte und Weiblichkeit. Kein Mann war dem gewachsen, mochte er mich auch ignorieren wie dieser Bettnässer. Die Bedienung hatte mich schon nach dem dritten Tag als neuen Stammgast eingeordnet. Und das kleine Hellverfärbte, das meinte, jeden ihre für Busen missverstandenen Mückenstiche feilzubieten, glaubte schon am vierten Tag, ich wolle was von ihm.

„Willst du was von dem?" fragte sie, nachdem sie mir meine Latte Macchiato gebracht hatte, und wies mit dem Kopf in seine Richtung. Er merkte natürlich wieder nichts, wie er da in seinem Buch vertieft war. Ob er sich wohl auch in den Weiten einer Frau jemals so verlieren konnte?

„Wen meinst du?" fragte ich zurück.

„Ey, den, wo du dauernd rüberstarren tust", sagte sie, wobei mich das Gefühl überkam, dass sie bewusst einen auf Proll zu machen versuchte. Cindy aus Marzahn für

Crack-geschädigte Contergan-Dummbratzen, oder so. Fehlte nur noch, dass sie mich mit einer lesbischen Polin verwechselte oder mich für eine verwestlichte Türkin hielt.

„Eifersüchtig?" fragte ich zurück.

„Neugierig wär ich ja schon, aber der ist nix für mich. Wenn du aber Hilfe bei ihm willst, musst du`s nur sagen."

„Danke, ich überleg es mir", gab ich zurück und fragte mich, ob ich wahrhaftig dauernd rüberstarrte, wie diese Fehlbedienung meinte. Ich fand nicht. Trotzdem war ich sicher, dass es nicht ausbleiben würde, dass ich und er wieder aufeinanderstoßen mussten.

Es entwickelte sich alles echt trostlos. Selbst die Russen waren wie die Türken hier nicht wie die bei uns in Berlin. Ich fand keinen Zugang zu den Leuten und ihrer Art in dem Städtchen. Auch die richtigen Städte des Ruhrgebiets wie Essen und... Essen eben fehlte jeder Liebreiz, jeglicher Lichtblick. Alles wirkte so nüchtern, so uninspiriert häßlich, so ohne Gefühl einfach in die Gegend hingekotzt, abgefurzt und hergeschissen und danach achtlos liegen gelassen. In Berlin hatte man wenigstens den Anstand, ein Schild davor aufzustellen und es zum Denkmal zu erklären. Und in München wär es gar nicht erst so weit gekommen, obwohl mit dem ganzen Zigeunerpack an Zugereisten da wusste ich auch nicht mehr.

Ich kam immer mehr zu der Erkenntnis, dass man wirklich und wahrhaftig aus dem Ruhrgebiet kommen musste, wollte man auch nur eine Zeile niederschreiben, die nicht volksverhetzend oder nicht vor lauter falschem Mitleid triefend war. Es war wahrhaftig eine Schnapsidee gewesen, geboren aus dem Übermut meiner Jugend und meines Erfolgs.

Ich kam nicht weiter, es musste was geschehen. Ich musste mal für dominante Powerladys. Und auf dem Weg zurück zu meinem Platz blieb ich an seinem Tisch stehen.

„Da Sie es scheinbar zuvor nicht verstanden haben: Ich bin nicht interessiert", sagte er.

Der Rotzlöffel schaute nicht einmal von seinem Buch auf!

„Ich wollte doch nur...", begann ich und wurde von einem blicklos rüden „Nicht interessiert!" abgewürgt.

Herrgottsakra!

„Aber ich wollte doch echt nur...", setzte ich erneut an, um von dem wiederholt rüden „Nicht interessiert!" abgeblockt zu werden.

„Muss ich mir etwa deinen Kopf packen und ihn mir zwischen meine Möpse quetschen wie dieses Flittchen, damit du mich mal aussprechen lässt?" wurde ich da bockig.

Es zeigte Wirkung. Natürlich war sein Interesse jetzt geweckt. Er schaute hoch.

Dabei machte sein Blick aber keinen Zwischenstopp auf meinen Titten. Schwul, oder was?

„Nein, sagte er. „Kein Interesse."

„An mir oder dem Flittchen?" fragte ich, worauf er nichtssagend mit den Achseln zuckte. Herzlichen Dank auch, du Eunuch!

„Mensch, ich will wahrhaftig nur wissen, wie das gehen kann, es nicht mit Büchern zu haben und dann ein solcher Vielleser zu sein", ergriff ich die Gelegenheit am Schwanz.

„Es geht", sagte er nur. Der reinste Wüstenstaub. So trocken, so dröge. Wie muss es beim Sex mit ihm in der Frauenfotze knirschen!

„Ach ja?" fragte ich Interesse heuchelnd.

„Ich hab's doch schon erklärt", sagte er.

„Ach was! Das ist nur eine Ausrede", sagte ich und machte eine wegwerfende Handbewegung.

Er schaute der Bewegung meiner Hand nach. Dann schaute er mich an. Eingehender.

„Schön", sagte er dann. „Es ist wie in dieser Stadt wohnen."

Ich schaute ihn an. Ich versuchte, darauf zu kommen, was er meinen könnte.

„Sie waren schon mal in der Stadt unterwegs?" fragte er.

Ich nickte selbstbewusst. Ja, das war ich. Da brauchte ich ihm nichts vormachen.

„Dann verstehen Sie, was ich meine. Dann ist ja alles klar."

Mir war gar nichts klar, ich verstand überhaupt nicht, was er meinte. Zugeben durfte ich das aber auf keinen Fall: „Dann muss ich dir wohl beibringen, wie man Bücher um ihrer selbst willen lieben kann. Das verlangt meine Schriftstellerehre."

„Des Widerspenstigen Zähmung", sagte er darauf. „In der Version mit Adriano Celentano und Ornella Muti?"

Von wem redete er denn da plötzlich nur? Ich konnte mit den Namen überhaupt nichts anfangen. Wann waren die denn aktuell gewesen? Lebten die überhaupt noch? War er etwa doch älter, als ich dachte? Wohlmöglich viel älter? Vielleicht viel zu alt? Viel zu alt für m...

„Keine leichte Aufgabe jedenfalls", sagte er da.

„Genau", pflichtete ich ihm reflexhaft bei, bevor ich, wieder voll bei der Sache, zur Sache kam: „Darum wirst du mir auch zeigen, wie man in dieser Stadt leben kann, obwohl man in dieser Stadt nicht leben kann."

„Das kann man unmöglich zeigen."

„Ach Schmarrn! Es ist deine Stadt. Du lebst hier", sagte ich und verwies mit einer Handbewegung, die meinen Worten Autorität verleihen sollten, auf all das rings umher.

Seine Augen folgten meiner Handbewegung und ruhten dann wieder auf mir, sein Blick verschränkte sich mit meinem Blick.

„Schön", sagte er schließlich.

„Toll", sagte ich und wandte mich zum Gehen.

„Das ist alles?" hörte ich ihn da. Verdutzt, wie mir schien. Ging wohl alles zu schnell für ihn.

Ich drehte mich noch einmal kurz nach ihm um und lächelte mein kesses Berliner Lächeln: „So ist es. Das ist es für den Augenblick. Man sieht sich! Ich weiß ja, wo du wohnst."

Und schon verwandelte sich der Weg zurück zu meinem Platz in meine persönliche Siegesparade: Schau her, blondes Dummchen – so und nur so sehen Siegerinnen aus. Ich sah, ich kam, er war mein. Ich blitzte ihn mit meinem Blitzdings, verstehst du, du arischer Dampfplauderdöner voller Sauerkraut und Currywurst.

Das war nicht das, was ich mir vorgestellt hatte. Und das ließ ich ihn auch nach fünf Minuten unmissverständlich wissen: „Welchen Sinn soll das haben?"

„Sie wollen wissen, wie ich mache, was ich mache", sagte er, ohne von seinem Buch aufzuschauen.

„Das soll ich dadurch herausfinden, indem ich dir beim Lesen zuschaue?"

"Yes, indeed. Watch and learn."

Ich wollte schon aufbrausen, dass er mich da plötzlich auf Amerikanisch zumüllte, wo ich doch nie auf die Idee gekommen wäre, ihn auf Russisch anzumachen, entschied mich aber, es ihm gleichzutun: Er ignorierte mich, so ignorierte ich ihn.

Nach gefühlten 20 Minuten konnte ich mich aber nicht mehr zurückhalten: „Wer ist denn der, der wie Adam Levine von Maroon 5 aussieht?"

Er schaute nicht hoch: „Das ist Adnan Kaya, der Geschäftsführer des CafeHauses."

„So was habt ihr hier?"

„Ja. Verheiratet. Ein Kind."

„Ach. Schade."

Gefühlte dreißig Minuten später: „Die Bedienung geht nach draußen, eine rauchen."

„Das tun sie."

Gefühlte fünfzig Minuten später: „Das Grüppchen älterer Damen zwei Tische weiter – die waren die Tage vorher schon da oder irre ich mich?"

„Nein, das tun Sie nicht."

Irgendwann viel, viel später: „Die blonde Kellnerin mit dem Pferdeschwanz hat zu uns rüber geschaut. Sie hat dich mit ihren Augen regelrecht ausgezogen."

„Das ist Karina. Sie hat nicht das getan, was Sie ihr unterstellen. Sie hat nur geschaut, ob wir vielleicht noch was wollen."

„Du weißt ihren Namen? Habt ihr wohlmöglich auch schon eure Nummern ausgetauscht oder Körperflüssigkeiten?"

„Die Kellnerinnen reden miteinander. Da bleibt es nicht aus, gewisse Dinge aufzuschnappen."

„Aha", sagte ich. „Das ist es also. Das ist, was du tust", sagte ich dann.

„Was dachten Sie denn, was ich tue?"

„Ein Buch lesen und alles um dich herum ignorieren?"

"That is indeed what I'm doing. Just watch. And learn."

Ich strengte mich ganz fest an, zu sehen. Schließlich sah ich es wahrhaftig vor mir: Es gab nur ihn und sein Buch und manchmal auch noch einen Schluck Latte dazu. Seine Ignoranz der Welt gegenüber grenzte fast an Verachtung. Er sah nicht schlecht aus. Ansprechen hätte ich ihn aber nie wollen.

„Da kommt jemand auf unseren Tisch zu", sah ich mich plötzlich gezwungen zu sagen.

„Das ist Maike, eine Nachbarin meiner Mutter", sagte er, schlug sein Buch zu und erhob sich, um der Nachbarin lächelnd die Hand zu schütteln. Sie tauschten einige belanglose Nettigkeiten aus. Er war nett.

Nett zu ihr.

Zum Glück war sie bald wieder verschwunden und er schlug sein Buch wieder auf.

„So was hat deine Mutter zur Nachbarin?"

„Ja."

„Würd es sich da nicht lohnen, in die Nachbarschaft deiner Mutter zu ziehen?"

„Sie hat einen Freund. Kickt bei der Konkurrenz."

„Und wo kickst du?"

„Ich kick nicht mehr. Passives Mitglied."

Natürlich, was auch sonst? Ein passives Glied.

„Sie haben die Mutter nicht gesehen", sagte er unvermittelt.

„Was liest du eigentlich?" wechselte ich das Thema.

„Du hast also eine Mutter", begann ich, nachdem es mir am nächsten Morgen wieder unsagbar langweilig geworden war, ihm beim Lesen zuzuschauen.

„So wie Sie auch, denke ich", antwortete er.

„Sicher nicht. Meine Mutter ist Usbekin. Sie heißt Nilufar. Sie und mein Vater haben sich kennen gelernt, als sie beide in Leningrad studierten", sagte ich nicht ohne Stolz.

„Eine seltene Kombination: eine Usbekin und ein Russe", sagte er.

„Nein, nein", sagte ich.

„Es gibt nicht viele Russen, die Usbeken heiraten."

„Nein, nein, so meinte ich das nicht. Mein Vater ist kein Russe."

„Was ist er dann?"

„Auf Mutterseite ist er Jude und auf Vaterseite ist er Deutscher. Während des Zweiten Weltkrieges verschlug es ihre Familien nach Kasachstan."

Er blätterte eine Seites seines Buches betont sorgfältig um, wie mir schien: „Ich verstehe."

„Was verstehst du?"

„So einiges."

„Wir hatten schon Multi-Kulti, da habt ihr noch an der hundertprozentigen Reinheit des deutschen Schäferhundes gewerkelt", erwiderte ich. Ich konnte es nicht lassen. Ich musste provozieren.

Er reagierte nicht.

„Hey! Woher weißt du eigentlich so viel darüber, wen oder was Russen heiraten? Was macht dich zum Experten?" fragte ich wenig später gelangweilt.

„Das Leben."

Darauf wusste ich nichts zu erwidern. Diese Antwort machte mich sprachlos. Nach wenigen Augenblicken war mir aber wieder so dermaßen unbeschreiblich langweilig, dass ich wieder was loswerden musste und auch konnte. Der blonde Atombusen hatte heute nämlich keinen Dienst.

„Wenn dir die Karina so sehr gefällt, warum versuchst du es nicht mal?" fragte ich.

Er sagte nichts.

„Mensch, die lässt dich doch jedes Mal voll auf ihre strammen Euter starren. Die will sicher was von dir. Und ich hab gesehen, wie du gespannt hast."

Er sagte weiterhin nichts.

„Ich bin mir ganz sicher, dass bei ihr was geht. Ich bin mir aber auch sicher, dass noch andere geil auf die Schnitte sind. Mit Schüchternheit kommst du da nicht weit. Da brauch es größere Geschütze."

Er sagte darauf aber auch absolut gar nichts.

„Willst du, dass ich mich bei ihr für dich einsetzte? Oder soll ich dir etwa zur Hand gehen? Ich tu es gern."

„Mehrere der Kellnerinnen mag ich, und ja, eine mag ich ganz besonders. Aber welchen Zweck soll es haben, eine oder genauer: die eine anzugraben?"

„Ja weil du sie magst, du Volldepp!"

„Das hier funktioniert hervorragend für mich. Ich bin nett zu ihnen, sie sind nett zu mir. Ich habe hier jedes Mal eine gute Zeit. Warum ein gut funktionierendes Arrangement aufs Spiel setzen? Für was, bitteschön?"

„Liebe? Glück? Erfüllung?"

„Für die Möglichkeit auf diese Dinge. Nicht mehr."

„… aber auch nicht weniger", beendete ich seinen Satz.

Darauf sagte er wieder nichts.

„Mensch, was musst du nur für Erfahrungen gemacht haben", sagte ich. Mitgefühl heuchelnd.

„Das Leben besteht aus Erfahrungen."

„Ja, aber um daraus zu lernen, die Gelegenheit das nächste Mal beim Schopfe zu packen und zu sich runterzuziehen, auf dass sie dir einen bläst."

Er sagte natürlich wieder nichts darauf. Kein Wunder, dass Charlotte Roche mit ihrem Buch über sauer gewordene Fotzenplörre so erfolgreich war.

Als ich am nächsten Tag das CafeHaus betrat, tat ich es in der Erwartung, ihm wieder mehrere Stunden beim Buchlesen und Lattetrinken zuschauen zu müssen. Ich war voll darauf eingestellt, so dass mich der sich bietende Anblick vollkommen überraschte. Er saß an seinem einsamen Tischchen und, nein, er las nicht, er schrieb.

„Hello, fellow traveller", begrüßte ich ihn daraufhin und setzte mich und wartete.

Dieses Mal schaute er wahrhaftig hoch: „Ich schreibe keine Romane oder Erzählungen oder Essays wie Sie. Ich schreibe Briefe."

„Was? In echt jetzt? Echte Briefe an echte Leute oder doch nur verkappte Literatur?"

„Echte Briefe an echte Leute."

„Schreibst du über mich? Schreibst du alles, was dir in den Sinn kommt?"

„Was geht Sie das an?"

Was es mich angeht, wenn Du über mich schreibst, fragst du? Mensch, ich bin Schriftstellerin und werde nach Wörtern bezahlt. Natürlich muss ich das fragen, Vollsepp, elendiger! Wie soll ich sonst auf mein Honorar kommen?

„Wenn ich schreibe, schreibe ich nur für die Öffentlichkeit", antwortete ich auf seine Frage.

„Und?"

„Ich nehme kein Blatt vor den Mund. Ich schreibe alles, was mir in den Sinn kommt. Ich nehme dabei keine Rücksicht. Ich schreib alles, was ich denke und für was ich mich interessiere. Ich kann das nicht nur. Ich darf das."

„Wozu soll das gut sein?"

Der trieb es ja immer bunter! Der haute wahrhaftig einen Schocker nach dem anderen heraus und war dabei das Loch Ness vom Tegernsee und Wannsee in einem.

„Soll ich mich etwa selbst zensieren, oder was? Sind dafür meine Eltern nach Deutschland gekommen, ja? Soll ich anderen Leuten was vorgaukeln, was ich nicht bin, oder wie? Sie anlügen, ja?"

„Mit ihrer Art haben Sie es in die Bestseller-Liste gebracht, ...", sagte er.

„Meine Rede!"

„... weil Ihre Art gerade Mode ist. Was machen Sie aber, wenn Ihre Art nicht mehr in ist?"

„Was soll das denn heißen? Menschen werden sich immer für die Wahrheit interessieren. Wahrheit wird nie out sein, ja?"

„Aber werden sie sich immer in ausreichender Anzahl für Ihre Wahrheit interessieren, um davon existieren zu können?"

Darauf wusste ich nichts zu erwidern.

„Mein Rat an Sie: Holen Sie aus der Sache raus, was Sie nur können. Das macht nicht nur vieles für Sie leichter, es macht Sie auch freier. Es wird nicht mehr allzu lange dauern, bis die Menschen in diesem Land von einer vorlauten Göre genug haben, die den Oberlehrer gibt und ihnen in einem fort vor den Latz knallt, wie spießig dumm und wie dämlich deutsch sie sind."

„Das ist zutiefst zynisch."

„Ist es nicht. Es ist zutiefst pragmatisch. Das Alter macht das mit einem."

„Ach! Wieder so eine von deinen Ausreden", sagte ich und verstummte fürs Erste, um meinen Gedanken nachzuhängen.

„Es ist unfair", kam es mir da plötzlich über die Lippen.

„Was ist unfair?" fragte er.

„Dass ich alles sagen und schreiben darf, was ich will. Selbst, wenn du es wolltest, dürftest du es nicht. Du bist ein richtiger Deutscher. Du bist ein Mann. Und komm mir jetzt nicht mit Thilo Sarrazin. Der ist nichts anderes als ein Kunstprodukt. Ein grauhaariger Hitler mit Brille aus der SPD, der in Regierungsverantwortung war. Wenn er das alles nicht wäre, hätten sie ihn gar nicht gedruckt. Maximales Skandalpotential. Maximales Hit-Potenzial. Er ist die Ausnahme, die die Regel bestätigt. Und die Regel heißt: Du bist ein Mann und weiß und alles, was du sagst, ist voll böse. Es geht gar nicht um das Argument. Dabei müsste das das Einzige sein, was zählt. Darum kotzt mich die ganze Debatte in Deutschland manchmal so richtig an, weil sie so verlogen ist. Natürlich habe ich hier und da meinen Riesenspaß, wenn ich so einen richtigen Klops raushaue, wo sich alle nur fragen: Wie kann eine Jüdin, eine moslemische Einviertelarierin aus dem bayerischen Moskau die Vergasung von schwulen Schwarzen fordern? Aber wie kann ich mein Gegenüber ernst nehmen, wenn ihm aufgrund des Diskurses nur erlaubt ist, Dinge zu sagen, die ihm vorher zu sagen erlaubt wurden?"

„Wenn man den Menschen das Recht auf Irrtum zugesteht, sieht alles nicht mehr so Schwarz-Weiß aus."

„Du musst echt sehr alt sein. Recht auf Irrtum? Damit lässt sich alles entschuldigen", fuhr ich auf. „Sechs Millionen Juden, ja? Tschulnigung, wa nich so gemeint, wa nurn Vasehen, wa?"

„Es soll nicht alles entschuldigen. Es soll nur die Möglichkeit bestehen bleiben, sich trotz aller Differenzen anzunähern, nicht in ewiger Feindschaft zueinander zu verharren, weil man etwas irgendwann einmal absolut gesetzt hat", sprudelte es aus ihm heraus.

Schon wieder war ich überrascht. Und ich sah mich unter Zugzwang gesetzt. Ich musste was Clevereres sagen. Was, das ihn zum Verstummen brachte.

„Für jemanden, der nichts von sich erzählen will, bist du heute ganz schon redselig, alter Mann", sagte ich.

Er wandte sich kommentarlos wieder seinem Geschreibsel zu. Jawoll! So sahen Siege aus, Baby!!

Am nächsten Morgen die nächste Überraschung. Kaum hatte ich mich an seinen Tisch gesetzt, klappte er sein Buch, in dem er jetzt las, zu und fixierte mich mit seinem Blick. Er sagte nichts, starrte mich nur unentwegt intensiv an. Bis ich es nicht mehr aushielt.

„Was?" fragte ich. „Was?"

Er antwortete nicht gleich, sondern ließ mich weiter zappeln.

„Was machen Sie, wenn das, was Sie sind, Ihnen im Weg steht, das zu bekommen, was Sie wollen?"

Ich musste lachen: „Reden wir jetzt doch endlich über dich? Mensch, das hat wahrhaftig lange gedauert."

„Weichen Sie nicht aus. Beantworten Sie meine Frage. Würden Sie dafür Ihre Prinzipien verleugnen?"

„Nein, niemals."

„Würden Sie sich dafür ändern?"

„Niemals. Wozu?"

„Wenn die Prinzipien in Anbetracht dessen, was Sie haben wollen, an Bedeutung verlieren, wenn nicht mehr wichtig ist, was vormals so wichtig war."

„Was soll das für eine Situation sein?"

„Ich frage Sie. Malen Sie sich eine aus."

„Ich denke darüber nach", sagte ich.

Er schlug das Buch wieder auf und ich konnte endlich meine Morgenlatte bestellen.

Während ich an der Morgenlatte schlürfte, beobachtete ich ihn, wie die ganzen letzten Tage schon, bei seinem Tagewerk. War das wirklich sein ganzes Leben? Im

CafeHaus sitzen, Bücher lesen, Latte trinken und ab und an zwei überreife Melonen beglotzen? Warum trafen wir uns nur hier? Warum zeigte er mir nicht seine Stadt? Würde ich ihn dadurch nicht besser verstehen als durch das hier? Wo er alle und jede gutaussehende Transe mit Namen kannte? Ich versuchte, seine Aufmerksamkeit zu erringen: „Kann ich dich was fragen?"

„Warum fragen Sie nicht einfach und wir sehen dann, ob ich Ihre Frage beantworten kann und will", sagte er, ohne natürlich von seinem Buch aufzuschauen.

„Wo hast du das Buch gekauft?" fragte ich ihn. Ich wollte nicht gleich mit der Tür ins Haus fallen.

„Kann Ihnen das nicht egal sein, wo ich Ihre Bücher kaufe?"

„Du willst mir meine Frage also nicht beantworten?"

„Ich hab's nicht im Internet gekauft."

„Aha. Geht das genauer?"

„Ich hab`s hier in der Stadt gekauft."

„Vielleicht in der Buchhandlung, in der wir uns das erste Mal gesehen haben?"

„Nein."

„Ja, ich habe da so was gehört", sagte ich und grinste ihn über meine Latte an.

„Dass es praktischer ist, bei dem Buchhändler in der gleichen Straße seine Bücher zu kaufen, in der das CafeHaus liegt, als in einer Buchhandlung, für die man einen Umweg machen müsste?"

„Ich habe da so Gerüchte gehört. Dass du und so eine Mitarbeiterin…"

„Die ist Mitglied bei der Konkurrenz."

Kastrationsängste! Wow! Ich fraget aber: „So wie der Freund deiner Nachbarin?"

„Er ist der Freund der Nachbarin meiner Mutter. Sie ist auch nicht beim gleichen Verein wie er. Nur die Vereinsfarben sind gleich: Schwarz und Gelb."

„Und wenn sie nicht mit Glied bei der Konkurrenz wäre?" bohrte ich weiter, worauf er – welch Überraschung! – nicht antwortete, so dass ich gezwungen war, mir meinen Teil wieder selbst zu denken. Es war so langweilig geworden.

Also machte ich es wieder auf meine Art. Blitzdings und so.

„Soll das nun für den Rest unserer Tage so weitergehen? Ich komme hierher und sehe Dir beim Spannen zu? Warum zeigst du mir nicht mal was außerhalb des CafeHauses? Oder gibt es da keine Kellnerinnen, die dich ihre Titten ficken lassen?" pflaumte ich ihn an. „Hast du nicht gesagt, dass du Mitglied bei einem Fußballverein bist? Fußball ist zwar absolut nicht mein Ding, aber wenn es Dir gefällt, kann ich ja mal gnädig sein und mich dazu herablassen mit dir zu einem Spiel zu gehen."

Verschlug ihm mein Vorschlag etwa auch die Sprache? Es schien so.

„Was ist? Schaust du dir die Spiele deines Vereins etwa nicht an? Bist du etwa schon eine steifgewordene Karteileiche und nicht mehr nur passives Mitglied? Was bist du denn nur für einer?" versuchte ich ihn zu provozieren.

„Alles schon geplant", sagte er da.

„Was?"

„Nichts. Nur, dass wir bis zum Wochenende warten müssen. Ich hab mir schon Gedanken dazu gemacht", sagte er, was nichts anderes bedeutete, als dass er mich einen weiteren Tag im CafeHaus quälen würde. Aber ich wusste, warum er es tat. Es war seine Art, es mir heimzuzahlen. Erreichen tat er damit bei mir natürlich gar nichts.

Am Samstag ging es dann aber gar nicht zum Fußball! Das merkte ich aber erst, nachdem wir uns vor dem CafeHaus getroffen und er mit mir ganz ohne Vorwarnung durch die halbe Stadt gelatscht war, was uns zur Sporthalle einer Schule führte. Vor dem Eingang war ein Grill aufgebaut und rundherum standen einige Leute. Das sah überhaupt nicht nach Fußball aus. War es auch nicht, wie er mir da endlich erklärte. Es war Damenbasketball. Ich wunderte mich, wie er sich nur für so was interessieren konnte, fragte ihn aber zunächst nicht danach. Immerhin war er nicht der einzige mit dieser seltsamen Vorliebe. Aber fast.

Die meisten Zuschauer schienen Eltern mit ihrem Nachwuchs zu sein oder Omas und Opas, aber keine von meinen Lesungen hier in der Stadt, zumindest erkannte ich niemanden. Wirkte alles sehr familiär. Wirkte alles sehr brav. Zu brav! Die einzigen, die ihr Team so richtig anfeuerten, waren die Fans der Auswärtsmannschaft. Ich schaute ihn mehrmals während des Spiels an, aber auch von ihm kam kaum etwas. So ergriff ich die Initiative und machte Radau wie ein ganzer Hertha-Fanblock. Einige der Omas kicherten ob meiner Anfeuerungsrufe. Aber die Schiris waren auch Seppl. Ich kannte mich kaum mit der Sportart aus, doch sie verpfiffen die Heimmannschaft nach Strich und Faden. Das sah selbst ein Blinder ohne Blindenhund: „Spielen im anderen Team eure Freundinnen? Womit haben sie euch gekauft? Dass ihr an ihre Körbchen dürft?" rief ich ihnen zu. Dabei war das Heimteam gar nicht mal schlecht. Es gelang ihm nur nicht, in der entscheidenden Phase für gefühlte Stunden einen einzigen Korb zu erzielen. Es war wie zum Mäusemelken. Kämpfen konnten sie. Glücken wollte ihnen nichts. Wie aber auch bei diesen Pfeifen von Schiris? Mensch, die durften mir nachts nicht im Dunkeln begegnen. Die würden am nächsten Morgen am Basketballkorb baumeln, diese Heulsusen! Hatte ich einen Spaß! Nur ihm schien es nicht zu gefallen. Ob es am Ergebnis lag? Oder an der Sportart? An Frauen in Sportleibchen? Er hatte gesagt, dass er Mitglied im Fußballverein war. Und da hatte er mich zu einem Damenbasketballspiel abgeschleppt? Warum nur? Als er mich nach dem Spiel zurück zu meinem Hotel brachte, fragte ich ihn danach.

„Das werden Sie morgen besser verstehen", war seine Antwort.

„Morgen gehen wir zum Fußball?" fragte ich.

„Auch."

Und wahrhaftig! Am Sonntag gingen wir zu einem Spiel seines Vereins. Das Stadion war nicht gerade klein und lag idyllisch in der Nähe eines Wasserschlosses. Es hatte so richtigen Charme. Doch es verloren sich im weiten Rund nur wenige Zuschauer, was dem Ganzen doch einen traurigen Anstrich gab. Es schienen weniger zu sein als beim gestrigen Basketballspiel. Und im Schnitt war das Publikum viel älter als gestern. Immerhin gab es ein kleines Grüppchen, das ordentlich auf die Pauke haute und Fangesänge grölte. Was mir als erstes auffiel, war, dass man alles hören konnte, was auf dem Spielfeld gesagt wurde. Ich hatte vorher Fußball, wenn überhaupt, nur im Fernsehen gesehen. Es jetzt auf diesem Niveau (NRW-Liga, wo auch immer das lag!) zu sehen, war erst einmal ärmlich. Doch wie schon gestern kniete sich die Heimmannschaft hier ebenfalls mit vollem Einsatz rein, wenn auch das gegnerische Team das eindeutig bessere war. So hörte ich auf einmal von den Fans der Heimmannschaft, bei der es sich – zur Erinnerung – nicht um die Hertha handelte, wie sie sangen: „Erkenschwick, ihr seid Zigeuner!" Ich wollte mich schon umdrehen und diese Idioten darauf hinweisen, dass Erkenschwick heute gar nicht auf dem Platz stand, und diesen Volltrotteln, deren Gequake noch dümmer war als das von den Hertha-Fröschen, meine Meinung geigen, doch er hielt mich davon ab. Dadurch fühlte ich mich dermaßen angepisst, dass ich mich so richtig freute, als sein dummes Team eine Minute vor Schluss sich so einen dämlichen Dummheitsfehler erlaubte und unglücklich 1:2 verlor. Wenn sein Team nicht verloren hätte, ich bezweifle, dass ich mich direkt nach dem Anpfiff von ihm ans andere Ende der Stadt zu einem Eishockey-Spiel hätte hetzen lassen. Eishockey! Hatten wir nicht endlich Fußball gesehen? Was brauchte es da noch Eishockey? Wo die Fans wahrscheinlich genau so dumm wie beim Fußball waren? Und wozu überhaupt, wenn er doch beim Fußball selbst kalt wie ein Fisch geblieben war. Da versprach Eishockey keine Besserung! Er war bis zum Ende des Spiels seines Vereins die Ruhe selbst geblieben. Cool wie ein Kühlschrank. Ich war mir aber sicher, dass er unter der Niederlage litt. Schließlich war er doch Mitglied, oder nicht? Ich genoss es still vergnügt. Und wenn jetzt auch noch sein Eishockey-Team verlor, hatte ich wahrhaftig eine Bombenzeit an diesem Sonntag gehabt. Diesen Gefallen jedoch tat mir sein Eishockey-Team nicht. Vielmehr fegte es die gegnerische Mannschaft zweistellig vom Eis, putze sie voll runter und mit jedem Tor stieg das Stimmungsbarometer in der Halle. Es war sowieso von Anfang an nicht leise gewesen in dieser alten Eissporthalle. Es lag wohl an der schieren Menge der Fans. Die Halle war ordentlich gefüllt. Es mochte aber auch am Alter der Fans liegen. Kinder und Omas und Opas sah ich kaum. Und er? Je höher die Stimmung kochte, umso lauter wurde er. Er ging in der Welle aus Begeisterung unter. Er ging richtig aus sich raus. Er explodierte förmlich. Ich kannte ihn so gar nicht. Das war der Bücherwurm? Der Hänfling von dem einsamen Tischchen in Sibirien? Hey, es freute mich, ihn so zu sehen! Ich freute mich für ihn, dass sein Team gewann.

Kaum war die Schlusssirene ertönt und wir wieder außerhalb der Eishalle, sprach ich ihn darauf an.

„Das habe ich einfach gebraucht. Nach dem Grottenkick der Westfalia heute", sagte er mit glänzenden Augen. „Die Mannschaft ist aber auch einfach spitze. Die Fans einfach die besten hier!"

„Warum bist du dann nicht Mitglied bei dem Eishockeyverein?" fragte ich.

Da verschwand der Glanz schnell aus seinen Augen und er wurde wieder still und in sich gekehrt wie sonst auch.

„Wenn dir Eishockey besser gefällt, was ist groß dabei? Beim Eishockey bist du voll dabei und beim Fußball bist du steif wie eine Leiche."

„Das verstehen Sie nicht", sagte er.

„Mensch, dann erklär es mir. Du schleppst mich zu drei Spielen von drei Sportarten, weil du meinst, dass ich dadurch dich und dieses Dorf besser verstehe. Ich weiß aber gar nicht, was ich verstehen soll. Ich sehe nur, was ICH sehe. Verstehst du?"

„Es ist wie in dieser Stadt wohnen. Das habe ich schon gesagt!"

„Ein Schimmel ist ein Schimmel, weil er schimmelt? Sprich verständliches Deutsch!"

Er schaute mich mal wieder mit einem seiner Hundeblicke an. „Schön", sagte er schließlich. „Ich versuche, es Ihnen zu erklären."

„Ich höre."

„Es ist wie nach der ersten großen Enttäuschung in einer Beziehung."

„Wie bitte? Was redest du da für einen Schmarrn? Die erste große Enttäuschung in einer Beziehung ist ja wohl auch die letzte, ja?!"

„Schon einmal verliebt gewesen?" fragte er mich. „Man beendet nicht gleich die Beziehung, aber man wird vorsichtig. Man nimmt eine gewisse Distanz ein, um von der nächsten Enttäuschung nicht umgehauen zu werden."

„Was ist das denn dann für eine Beziehung? Aber wer weiß, vielleicht kann man ja schon längst Liebesversicherungen abschließen? Deine Liebesversicherungen heißen jedenfalls Damenbasketball und Eishockey."

„Nein. HEV und HTC haben mit der Westfalia nichts zu tun. Sie können noch so erfolgreich sein, wenn es der Westfalia schlecht geht, geht es auch mir schlecht. Für Eishockey habe ich mich halt auch schon immer interessiert, nur nicht so stark wie für Fußball."

„Und Basketball?"

„Kommt durch meine Zeit in den USA. Ich war nie bei einem Spiel, da ich in Pittsburgh war und genug mit den

Pens zu tun hatte, die in der Saison den Stanley Cup holten, doch nach meiner Rückkehr dachte ich mir, warum nicht mal Basketball? Mögen die Fans auch nicht so zur Sache gehen wie beim HEV, meine ich, dass der HTC der Verein mit dem meisten Potential ist. Jedoch wird es wohl nur wenige interessieren, was eine Riesensauerei ist. Beim HEV ist noch Luft nach oben, aber nicht mehr allzu viel, sie haben ihr Level fast erreicht. Leider. Die Westfalia wird leider, bei aller Liebe, die ich für sie habe, nicht mehr so hochkommen wie in den 50er Jahren."

„Okay. Ich verstehe jetzt, warum und wozu du am Wochenende von Spiel zu Spiel eilst. Was hat das aber damit zu tun, die Stadt zu verstehen?"

„Die drei Vereine stehen für die Stadt. Sie zeigen, was gut und was schlecht bei uns läuft. Schaut man sich die Westfalia an, versteht man, warum wir da sind, wo wir sind. Sieht man sich den HEV an, weiß man, wo wir mit viel Willen und Einsatz gegenwärtig stehen könnten. Blickt man auf den HTC, weiß man, wo wir in Zukunft sein könnten, wenn wir uns ihr nicht verschließen würden."

Ich nickte neidisch: „Die Idee hätte was: das Schicksal einer Stadt im Spiegelbild dreier Vereine. Aber du bist wahrhaftig kein Schriftsteller, da bilde dir nur mal nichts ein. Du bist nicht einmal ein großer Redner", wies ich ihn auf seinen Platz. Ich verstummte aber, als ich sah, welchen Blick er mir zuwarf. Ich wandte mich ab. Warum machte er das nur: Warum müllte er mich mit seinen in Stein gemeißelten Orakeln zu, wenn in der nächsten Spielzeit sowieso alles ganz anders aussehen konnte? Warum nahm er mich nicht einfach bei der Hand und brachte mich nach Hause?

„Bring mich zum Hotel, ja?" sagte ich.

Der Weg von der Eissporthalle zu meinem Hotel war eigentlich ganz einfach, aber weit. Auf diesem Weg nahm er mich nicht bei der Hand. Er blieb jedoch plötzlich vor einem dieser für diese Region typisch nichtssagenden Häuser, das gar nicht so weit von meinem Hotel entfernt stand, stehen und sagte: „Hier wohne ich übrigens."

Ich hätte beinahe laut losgelacht. Da gewinnt sein Eishockey-Team einmal zweistellig und er wird glatt übermütig.

„Willst du, dass ich mit raufkomme und dir das Hirn und Rückenmark rausficke?" fragte ich halb im Spaß.

Er schaute mich verwirrt an. Mensch, konnte das wirklich und wahrhaftig möglich sein? Er hatte es nicht zweideutig gemeint? Sondern einfach nur als das, was es nicht zwischen den Zeilen war: als Angabe seines Wohnorts? Pure Information? Was hatten die deutschen Frauen nur mit den Männern in ihrem Land angerichtet? Konsequenterweise war seine Antwort ein entschiedenes „Nein".

„Warum nicht? Was ist denn schon dabei? Wir sind beide erwachsene Menschen, oder was? Gerade in Deutschland hat Sex nichts zu bedeuten und schon gar nichts zwischen Geschwistern, haha!"

„Nein."

„Okay", sagte ich und war auf einmal sauer. „Hier immer geradeaus zum Hotel, nicht wahr? Danke, ich finde den Weg schon alleine!" sagte ich und stapfte los.

Er musste es sich anders überlegen. Hatte ich es ihm nicht einfach gemacht? Er musste mir nachlaufen, um sich bei mir zu entschuldigen, um mich sodann zu sich in seine Wohnung zu bitten, um mir den geilsten Versöhnungssex in der Geschichte seines Sportvereins zu bieten.

Aber nichts da. Die einzigen Schritte, die ich hörte, waren meine eigenen. Die einzige Stimme, die ich hörte, war die in meinem Kopf, wie sie ihn aufs Unflätigste auf Russisch verfluchte. Warum konnte er mir nicht geben, was ich wollte?

Erst am nächsten Morgen, als ich aus Trotz zum ersten Mal in meinem Hotel frühstückte und nicht im CafeHaus, dämmerte es mir, dass er mein rein aus Jux gemachtes Angebot ablehnte, weil er dachte, dass ich es ernst meinte, wo er doch nur Augen für diese breitwandbusige Kellnerin oder für jene Buchhändlerin hatte. Kein Wunder, dass er in Panik verfiel, musste er doch fürchten, dass ich ihn verführen und ihn vom Pfad seiner polygamen Enthaltsamkeit abbringen wollte. Nichts lag mir ferner, aber Männer kennen nur den kürzesten Weg heim. Was blieb mir also zu tun?

Zuerst einmal mussten wir uns beide beruhigen, die Emotionen abkühlen und Grass über die Sache wachsen lassen, um wieder einen klaren Kopf zu bekommen. Was blieb mir auch anderes übrig? Ich hatte schon genug Zeit mit Rumsitzen vergeudet und nichts, aber auch absolut gar nichts für das Projekt. Die Stadt gab nichts her. Der Autistenassi war keine Zeile wert. Er sah nicht einmal wie Dustin Hofmann oder Bill Gates aus, was man ihm in Anbetracht von Bill Gates durchaus zugute halten konnte. Aber er hatte nicht einmal Ähnlichkeit mit Steve Jobs! Wenn ich mir nicht bald was einfallen ließ, würde hier gar nichts mehr laufen und mein Agent konnte wieder seine Vaternummer abziehen. Er mochte ja gute Deals abschließen, aber dieses Altväterliche Rumgetatsche mochte ich gar nicht. Es war also an der Zeit, den Einsatz zu erhöhen, um ihn aus seinem Höhlengleichnis zu treiben. Ich musste mir was einfallen lassen und ich ließ mir was einfallen. Ich würde ihm die dralle Kellnerin aus dem CafeHaus auf den Hals hetzen. Ich wusste schließlich nicht nur, wie er hieß, sondern auch, wo er seinen Zweitwohnsitz hatte. Die Tusse hatte gesagt, sie sei interessiert. So wartete ich den Zeitpunkt ab, an dem sie im CafeHaus Schicht hatte, er aber nicht sein Buch las. Glücklicherweise gab es ein Café gegenüber des CafeHauses, so dass ich seine Bewegungen unbemerkt verfolgen konnte, um den richtigen Zeitpunkt abzupassen.

Als ich sie zu überreden versuchte, ihm einen Überraschungsbesuch abzustatten, wurde mir bewusst, wie dumm es von mir gewesen war, sie bei vorherigen Begegnungen nicht mit so viel Trinkgeld zugeschüttet zu haben wie er es für gewöhnlich tat. Sie war ausgesprochen feindselig mir gegenüber!

Oder war es doch nur dem Vorschlag geschuldet? Moralisch und ethisch einwandfrei war er ja nicht. Was war aber andererseits schon dabei? Wenn es klappt, endet es genau da, wo jede Geschichte enden sollte: im Happy End – und sei es nur, damit es sich als Taschenbuch besser verkauft. Wenn es nicht klappen sollte, kann man sich zugute halten, dass man es wenigstens versucht hat. Dabei sein ist schließlich alles.

Irgendwann gab sie sich mir dann doch geschlagen. Wahrscheinlich war ihre Neugier doch größer als ihr Verstand, was ja auch bei der Oberweite kein Mysterium war. Ich gab ihr noch meine Nummer mit auf dem Weg. Nach dem Vollzug sollte sie mich anrufen, damit ich genau zur richtigen Zeit zur Stelle war, um ihn wieder aufzurichten.

Zu meinem nicht geringen Erstaunen rief sie mich auch tatsächlich an. Unglücklicherweise nicht mit dem gewünschten Ergebnis.

Nichts war passiert. Rein gar nichts. Denn: Er war gar nicht zu Hause gewesen!

Wir beratschlagten, was zu tun sei. Das einzig Realistische, was mir noch einfiel, war Kidnapping mit anschließender Zwangsbeglückung. Aber wie sollten wir ihn nach Polen, Rumänien oder Guantánamo kriegen? Zum Glück gebar aber auch mal eine Maus einen Berg. Die Schnalle erzählte von einer Party, zu der sie eingeladen sei. Sicherlich wären auch ich und er willkommen. Ich müsste ihn halt nur dazu überreden. Der Rest ergäbe sich dann schon irgendwo auf der Party.

Mir leuchtete die Genialität ihrer Idee umgehend ein. Das Setting war viel unverfänglicher, die Schwelle eindeutig niedriger. Beim Hausbesuch hätte sie ja mit der Tür ins Haus fallen müssen. Bei seiner Veranlagung hätte das mit Sicherheit im Desaster geendet.

Nun lag der Ball aber wieder in meinem Feld. Ich musste wieder mit ihm reden. Und das nach der Szene vor wenigen Tagen? Ich hatte kein gutes Gefühl.

Er saß wie immer an seinem einsamen Tischchen im Sibirien des CafeHauses, als ich es betrat. Das Buch vor ihm. Die Latte neben ihm. Was um ihn herum passierte, interessierte ihn wie immer nicht die Bohne und ignorierte er geflissentlich. Ich ging zu seinem Tisch.

„Darf ich mich zu dir setzen?" fragte ich.

Er machte eine Kopfbewegung, die man wohlwollend als Erlaubnis deuten konnte. So setzte ich mich zu ihm.

„Darf ich dich fragen, warum du nicht wolltest, dass ich mit raufkomme?" fragte ich.

„Weil es zu eng ist", sagte er, ohne natürlich von seinem Buch aufzublicken.

„Weil es zu eng ist? Schau mich an! Ich finde Platze in der kleinsten Hütte", sagte ich.

„Es ist zu eng zum Atmen, zum Träumen, zum geselligen Beisammensein. Wenn ich da bin, will ich am liebsten wieder weg. Es ist kein Platz, Leute einzuladen."

„Es ist kein Zuhause. Trotzdem wohnst du dort."

„Verstehen Sie jetzt?"

„Was? Dass du liest?"

„Das auch."

Beide verstummten wir.

„Ich werde Sie nicht mehr zu Spielen am Wochenende mitnehmen", sagte er unvermittelt.

„Warum?"

„Weil ich mehr darauf geachtet habe, wie es Ihnen gefällt, und darauf, dass Sie Spaß haben, als auf die Spiele. Ich war bei der Westfalia nicht nur deshalb nicht mit ganzem Herzen dabei, um mich vor der Enttäuschung zu schützen. Ich war auch deshalb nicht richtig dabei, weil Sie dabei waren."

„Oh!" war das einzige, was mir da einfiel.

„Westfalia, der HEV und der HTC sind meins. Das soll und muss so bleiben."

„Spricht da jemand aus Erfahrung?"

„Wenn Sie verstanden haben, was ich Ihnen zu sagen versucht habe, bin ich nicht die einzige Person an diesem Tisch, der diese Erfahrung gemacht hat."

Ich lächelte: „Dann müssen wir wohl was finden, was unser ist."

„Nur unser. Deins und meins zusammen."

„Ich hätte da auch schon eine Idee. Ich habe von einer Party gehört, zu der ich ganz gerne möchte. Wie wär es?"

Die Geschwindigkeit, mit der er meinem Vorschlag breitwilligst und ohne weitere Fragen zustimmte, bestätigte mich nur in meiner Vermutung, dass er mich, was seine Wohnung betraf, angelogen hatte. Mitten ins Gesicht! Er verheimlichte mir was. Und ich machte natürlich wie immer noch gute Miene zum bösen Spiel.

Nachdem ich mir seine Zusage unter schweren Opfern erkämpft hatte, machte ich mit der androgynen Blondine für die Party alles klar. Wir würden, wie es sich gehörte, nicht pünktlich zur Party erscheinen. Sie wäre aber schon da, hätte ihren Spaß und würde uns dann rein zufällig entdecken. Der Rest hatte sich dann von selbst zu ergeben. So einfach, so simpel, selbst für eine Kellnerin müsste das zu schaffen sein.

Es ließ sich auch gut an. Wir erschienen so eine Stunde nach offiziellem Beginn der Party. Wir mischten uns unter die Gäste, ich bat ihn, uns an der Bar was zu trinken zu beschaffen, um von ihm unbemerkt die Meute nach meiner Verbündeten abzusuchen. Und wahrhaftig: Sie spielte ihre Rolle ausgezeichnet. Sie tanzte mit einem wahrhaft gutaussehenden Kerl auf der Tanzfläche und tat so, als hätte sie unser Kommen nicht bemerkt. Ihre Blicke galten allein ihrem Tanzpartner.

Als er mit meinem Getränk wieder zu mir gekommen war, wies ich auf die Kellnerin: „Schau mal, wer auch hier ist. Was für ein Zufall aber auch, deine Karina!"

Er warf nur einen kurzen Blick rüber: „Sie ist nicht allein hier", bemerkte er.

„Ach was! Das ist sicherlich nicht ihr Freund!" sagte ich.

„Warum steckt sie dann ihre Zunge in seinen Schlund?" fragte er.

Ich schaute genauer hin. Und wahrhaftig: Sie ließ es zu, dass dieser Affe seine Zunge in ihren Schwanenhals rammte! Ja, hatte sie denn überhaupt kein Schamgefühl? Wo war denn überhaupt ihre Selbstachtung? Das Tier war für mich reserviert!!

Ich stürmte auf die Tanzfläche und packte sie: „Was soll das denn werden, wenn es fertig ist? Soll das ein Versuch sein, ihn eifersüchtig zu machen? Vergiss es! So einer ist er nicht. Das wird nie und nimmer bei ihm funktionieren!"

Für einen Moment wusste sie nicht, wie ihr widerfuhr. Dann aber riss sie sich los und gab es mir: „Hast du sie noch alle? Was glaubst du denn, wer du bist? Ich mach, was ich will. Warum willst du ihn mir eigentlich andrehen? Damit er dir nicht mehr gefährlich werden kann?"

Von ihrem hysterischen Rumgekeife ermutigt, kam auch der Gorilla auf Touren. Doch nachdem ein Versuch ihrerseits, mich in Grund und Boden zu starren, gescheitert war, griff sie den Orang-Utan und zog ihn mit sich: „Komm, Super Mario!"

Vollkommen sauer schaute ich hinter ihr drein und konnte es nicht fassen. Warum war Solidarität unter Frauen ein Fremdwort, sobald so ein Schwanzträger auftauchte? Was war so toll an denen, dass sie dadurch zu Verrätern wurden?

Da hörte ich ihn fragen: „Was war das? Was hatte das zu bedeuten?"

„Nichts", sagte ich.

„Hab ich sie richtig verstanden? Sind wir deswegen hier? Du wolltest mich mit ihr verkuppeln?" fragte er.

„Nein", antwortete ich ihm. Und das war nicht einmal gelogen.

Er erwiderte nichts darauf. Er ging einfach. Ließ mich stehen, wie bestellt und nicht abgeholt. Die Musik im Raum wurde unerträglich laut. Ich stand da, bis ich das Gefühl hatte, dass die gesamte Geräuschkulisse auf mich einstürzen und unter sich begraben würde. Ich begann, mich durch die Musik und den Mob zu drängen.

Richtung Ausgang.

Ich rannte ihm hinterher.

Er war noch nicht allzu weit gekommen. Bei ihm angelangt, packte ich ihn. Zerrte an ihm.

Er riss sich los.

„Was ist denn dein Problem, bitte sehr?" rief ich.

„Ich habe dir vertraut. Ich habe geglaubt, was du mir vorgegaukelt hast. Ich dachte, es geht um uns!" konnte er sich nicht unterstehen, mir ins Gesicht zu bölken.

„Ja, wo lebst du denn? Du bist nicht einmal mein Freund!" schrie ich zurück.

„Stimmt", sagte er darauf und war wieder die Ruhe selbst. „Wozu das Theater?" sagte er dann mit einem unschönen Lächeln.

„Wenn du so tun willst, als wäre da nichts zwischen uns, bitte schön! Damit kannst du aber nur dich selbst belügen", kreischte ich da und war ganz fassungslos.

Er schaute mich, wie es mir schien, verächtlich an: „Was willst du eigentlich?"

Wie ich es fertig gebracht hatte, ihn da zu haben, wo ich ihn haben wollte, war mir in diesem Moment auch vollkommen unverständlich, aber da hatte ich ihn nun endlich. Er war mir ausgeliefert. Ich musste nur noch zustoßen.

Mein Handy klingelte.

Es war mein Agent.

Ich musste drangehen.

„Dein Wunsch war mir Befehl. Der Befehl ist ausgeführt", hörte ich die trunkene Stimme meines Agenten und war schon in der Luft vor lauter Freude.

Er hatte den Deal! Mit Hollywood!! Er hatte Wort gehalten!!! Aber nicht nur das!!!! Der Regisseur wollte mit mir zusammen das Drehbuch schreiben!!!!!

Jetzt ging alles sehr schnell. Mein Agent hatte schon die nötigen Verbindungen herausgesucht, um mich ASAP, wie der Regisseur sagte, von DUS nach LAX zu kriegen. Also: ab ins Hotel, Sachen packen, zum Bf. und den RE zum Flughafen erwischen.

Es war schon alles wie im Film. Auf den letzten Drücker erwischte ich noch den Flieger.

Ich war auf dem Weg nach Hollywood!

Mein Agent war ein As.

Die Zeit in Hollywood verging wie im Flug. Kaum hatte der Regisseur mich das erste Mal gesehen, drückte er bei den Produzenten des Streifens durch, mich auch in der Titelrolle zu besetzen. Es war vollkommen verrückt! Der absolute Oberhammer!! Drehbuch und Hauptrolle!!! Stachanow gleich stürzte ich mich in die Arbeit. Wie ein Workaholic auf Koks arbeitete ich mit dem Regisseur zusammen an dem Film, der auf meinem Buch basierte, zu dem ich das Drehbuch lieferte und in dem ich die

Hauptrolle spielte. WAAAAAAAAHNSIIIIIIIIINN!!!! Mir öffnete sich eine ganz neue Welt mit Möglichkeiten, wie sie nur viel Geld zu schaffen in der Lage war! Ich ging voll drauf ein und drin auf! Ja, und wenn ich und der Regisseur mal eine Pause von unserem Film machten, machten wir Werbung für unseren Film. Ja, und als der Film endlich fertig war, gingen wir auf große Werbetour um die ganze Welt! Ich fühlte mich wie ein Rockstar. Zunächst war Amerika dran, dann Asien, dann Europa. In Europa war Deutschland das letzte Land, das wir betourten. Und die letzte Station in Deutschland, die letzte Station unserer zweimonatigen Welttour durch drei Kontinente und Ich-weiß-nicht-mehr-wie-viele-Städte war dieser merkwürdige Ort im Herzen des Ruhrgebiets. Ich wollte es so. Ich wollte meine alten Bekanntschaften dort pflegen. Zwar hatte ich mich während meiner ganzen Zeit in Hollywood nicht bei ihm gemeldet, aber die Arbeit erledigte sich bekanntlich nicht von selbst. Das musste er als Deutscher doch verstehen: erst die Arbeit, dann die Freunde.

Vor dem großen Werbeauftritt in dem kleinen, aber sehr feinen Kino seines Städtchens, das uns mit offenen Armen warmherzig und professionell zugleich empfang, war ich schon ein wenig aufgeregt. Sicher hatte er die Ankündigungen gesehen und saß im Publikum. Sicher kam er nach der Vorführung zu mir. Nicht nur, um sich ein Autogramm abzuholen und sich mit dem Star fotografieren zu lassen, sondern auch, um mir zu meinem Wahnsinnserfolg zu gratulieren. Nach all dem Trubel dann würden wir uns noch ins CafeHaus setzen und ich hätte endlich die Möglichkeit, Rechenschaft darüber zu verlangen, warum er mich damals nicht genommen und wund und krumm und dumm gefickt hatte, als es mich danach verlangte.

Aber er saß nicht im Publikum. Ich renkte mir fast den Hals aus, konnte ihn aber unter der Masse junger Menschen nicht ausmachen, die das Publikum darstellten. Am liebsten wär ich aus dem Kinosaal gestürmt, doch hatte ich in den letzten Jahren viel gelernt – ich hatte sogar meinen Agenten gewechselt. Alles hatte ich meinem Regisseur zu verdanken, der natürlich an diesem Abend schlau genug war, hinter die Fassade des Lächelns seines Stars zu schauen und vorschlug, nach dem Meet & Greet im Anschluss an die Vorführung sofort ins Hotel zu fahren. Er hätte es wahrlich verdient gehabt, er und seine kranke Stadt. Ich wollte dann aber doch noch ins CafeHaus uns sei es nur aus purer Nostalgie.

Kaum hatten mein Regisseur und ich uns an einem der Fenstertische im CafeHaus gesetzt, sprang ich auch schon wieder auf. Da war er. Da! Jetzt sah auch er mich und kam auf mich zu.

„Guten Abend! Darf's schon was zu trinken sein?" fragte er uns, Block und Stift in der Hand.

„Du", sagte ich und musste mich setzen.

„Ja?" sagte er und schaute mich an.

„Herzlichen Glückwunsch zum 3. Platz des HTC in der Meisterschaft. Sie haben es echt verdient. Du hattest Recht mit deiner Prognose", sagte ich das erste, was mir in den Sinn kam.

„Danke", sagte er in einem förmlichen Tonfall, als wüsste er nicht, wer ich sei und was er von mir zu halten habe. „Sogar Franz Müntefering war da."

„Du arbeitest hier?" fragte ich.

„Ja", sagte er.

„Erkennst du mich denn nicht? Weißt du denn nicht, wer ich bin?" fragte ich.

Er schaute mich mit seinem prüfenden Blick eingehender an: „Sie sind es. Ich habe die Plakate gesehen. Sie sind die Schauspielerin."

„Ja, aber…", wusste ich für einen Moment nicht weiter. „Ich bin es! Die Berliner Russin aus München. Sana Alexandrowna Banderowa. Ich war vor mehreren Jahren hier in der Stadt und wir… Ich glaub es nicht!" Ich schrie fast.

Er schaute mich mit seinem prüfenden Blick noch einmal an. Konnte es wahrhaftig sein, dass er mich vergessen hatte?

„Was die Jahre aus einem Menschen machen können", sagte er schließlich. „Aus Leuten werden Gesichter. Aber nicht nur das Aussehen ändert sich, sondern auch der Name."

„Das war allein aus Marketinggründen notwendig geworden. Russische Namen gehen einfach nicht so gut. Reinstes Kassengift", sagte ich.

„Du musst es wissen", erwiderte er darauf nur und schaute dann von mir zu meinem Regisseur, welcher aufstand und ihm die Hand reichte.

„Das ist…", begann ich und wusste plötzlich nicht mehr weiter.

"I'm the director of her movie. Pleasure to meet you", sagte mein Regisseur und mir fiel ein Stein vom Herzen, nicht gelogen haben zu müssen.

"The pleasure is mine. I'm your waiter this evening. Call me Alex", sagte er. "What do you want to drink?"

Mein Regisseur bestellte für uns beide Wein. Essen wollten wir nichts. Während wir unseren Wein tranken, erkundigte sich mein Regisseur, ob mit mir alles in Ordnung sei. Was sollte ich ihm sagen? Dass es mich krank machte, nicht in die Richtung unseres Kellners starren zu können?

"I am just tired. All this work. So many miles in just a few days. I am glad and happy that we achieved what we aimed for. But now I am just dead tired."

So blieben wir verständlicherweise nicht mehr allzu lange im CafeHaus. Mein Regisseur zahlte, wobei er unserem Kellner ein gutes Trinkgeld gab, und wir gingen schweigsam die zu dieser Stunde verwaist daliegende Einkaufsstraße hoch zu unserem Hotel.

In unserem Zimmer angekommen, setzte sich mein Regisseur aufs Bett, während ich begann, mich für die Nacht fertig zu machen.

"So. Who is this guy? How did you know him? You never mentioned him before."

"He is just a guy. He helped me once with a project. It didn't work out though."

"The guy or the project?"

Ich ging ins Bad.

Als ich am nächsten Morgen erwachte, schlief mein Regisseur noch. Ich versuchte nach einem Blick auf die Uhr wieder einzuschlafen, doch ein Gedanke bemächtigte sich meiner und ließ mich nicht mehr zur Ruhe kommen. Schließlich gab ich es auf und stand auf. Darauf bedacht, den schlafenden Riesen nicht zu wecken, zog ich mir schnell was an. Bemüht, ja keinen Laut zu machen, öffnete ich die Tür unseres Hotelzimmers, um mich raus zu schleichen.

Als ich schon fast draußen war, hörte ich die Stimme meines Regisseurs: "Are you coming back?"

Ich erstarrte in meiner Bewegung. Was sollte ich jetzt nur tun?

Ich drehte mich zu ihm um: "What do you mean?"

"You are going back to this restaurant whatwasitcalled? You are going back to him. To the waiter guy."

"Why should I do that?"

"You tell me."

Okay, dachte ich. Das war's. Frechheit siegt.

"You know what? You're right. I am going back to him. Do you know why? Because I know that you will leave me. Now I am your star and it's really great. But it won't last. I will get old and fat and you will drop me for a new girl you can make a star of. With him it's different. He will be always at my side. We will grow old together. We will raise our kids and take care of our grandchildren."

"You are willing to give up everything you have now just to have a chance to be with him?"

"I didn't say that. I just said WE won't last because that is how it works. You taught me that. Yeah, I give you that: What we have is amazing. I will never have anything like that again. I know. But it won't last. You are just for the ride. He is forever."

"What is your plan then? Actress and mother? You can't have both, you know? That's not in there for you. You can't eat the cake and keep it. That is not how the system works. Not for you that is."

"Bullshit. I can have my career and my future. Why not?"

"You and a guy like him in Hollywood? That's not gonna work. They will eat him alive and you will end up a joke. A bad joke that is. I know because I made you in Hollywood."

"And who made you? I had a career before Hollywood. So what? I'll have my cake. No. Matter. What."

"Be a writer in Germany? Come on. A beggar on the street makes more money than a writer in Germany."

"As long as I don't have to sell my soul so be it."

"You don't know what you are talking about."

"Do you?"

"Fine. Let's say I am going to visit you in a year. You have your child and you look like a fat cow like all women do here. You fit right in. And yes: Like all white mothers in western countries you are a single mom. You are alone because he left you for another woman. I will ask you then: Was it worth it to throw everything away for being alone and miserable and without money to support your child?"

"I can't imagine you doing that. But to answer your question: It won't happen. I know him."

"Let's say you do. But do you know yourself? I think he will leave you for another woman just because of you."

"You know what? Go, fuck yourself", schrie ich und wollte schon raussturmen.

"Wait", sagte da mein Regisseur und ich gehorchte ihm wie immer. "I will do as you said. I'll leave. You stay here and find out if he wants to be with you and you with him. I'll wait for you. It's true I can find a new doll just like that. But I don't want to. Call me old fashioned. I want you. It can work between us, you know? We are cut from the same cloth."

"Bullshit."

"It can work. I know. That's why I am willing to wait for you. At least for a year that is."

"It's your choice how to waste your life", sagte ich und war aus der Tür.

„Viel Glück", hörte ich ihn mir noch hinterherrufen: "I mean it."

In der Hölle des Löwen angelangt, setzte ich mich an einen der Tische am Fenster. Schon beim Hereinkommen sah ich ihn. Er aber mich nicht. Er kam auch nicht, mich zu bedienen. Stattdessen nahm so ein junges Flittchen meine Bestellung auf, das ich hier noch nie gesehen hatte. Warum konnte sich nichts gleichbleiben, fragte ich mich. Warum musste sich immerzu alles ändern? Selbst das Unabänderliche änderte sich neuerdings beständig.

Während ich da so saß und auf meine Latte wartete, beobachtete ich interessiert die Menschen auf der Straße. Irrte ich mich oder waren im Vergleich zu früher mehr Mütter mit ihren Kinderwagen unterwegs als Omas und Opas mit ihren Rollatoren? Oder wurde ich selbst einfach nur älter und bemerkte die Jugend? Begann gar meine biologische Uhr zu ticken? Waren das etwa die ersten Anzeichen? Halluzinationen? Visionen von einer Flotte Kinderwagen?

Ich spürte schon Panik in mir aufsteigen, als ich merkte, wie jemand oder etwas immer energischer an meiner Hose zupfte. Ich beugte mich unter den Tisch, wo ich ein kleines Mädchen vorfand. Es saß zu meinen Füßen, die kleinen Patschehändchen in meine Hosenbeine vergraben und zog beharrlich daran. Für einen Moment dachte ich, dass es wirklich schlimm um mich stehen musste.

„Ja, wer bist du denn?" sagte ich dann aber zu ihm.

Das Kindchen ließ den Stoff meiner Hose los und schaute zu mir. Es streckte die Arme nach mir aus und lachte. Ich wusste nicht, was ich tun sollte. Da begann es, sich an meinen Hosenbeinen hochzuziehen. Wollte es etwa auf meinen Schoß? War was dagegen einzuwenden? Es mochte mich vielleicht vollsabbern oder vollkotzen, aber sonst? Ich war eine Frau und kein Kerl. Niemand würde mich verdächtigen, Böses im Schilde zu führen. Ja, und vielleicht gab es bei ihm Pluspunkte, wenn er mich mit diesem wahrlich süßen Fratz so sah. So godawful cute! Und so brauchte das Kleine nicht selbst auf meinen Schoß zu klettern, sondern wurde von mir da hingesetzt, wo es sich sofort häuslich einrichtete. Es war wahrhaftig allerliebst.

Da kam meine Latte. Und wer brachte sie mir? Er brachte sie mir. Und kaum war er in die Nähe des Tisches gekommen, wurde das Kleine, das vorher noch so vorbildlich ruhig gewesen war, ganz aufgeregt, gab seltsame Laute von sich und streckte seine Ärmchen nach ihm aus.

Nachdem er mir den Latte hingestellt hatte, sagte er: „Na, komm, ich nehm sie dir ab" und nahm sie mir fort. Kaum war das Mädchen in seinen Armen, schlang es seine Ärmchen um seinen Hals und legte sein Köpfchen auf seine Schulter.

„Ihr seid mir ja ein Pärchen", sagte ich, worauf er erwiderte: „Sie ist meine Tochter."

Reflexhaft zuckten meine Blicke wie Blitze umher, irrlichteten durchs CafeHaus. Wo war diese Schlampe von Kellnerin? Wo war dieses Boxenluder ohne Botox? Wo war diese Verräterin? Wo war seine Karina? Hatte sie sich ihn doch noch abgegriffen, dieses abgezockte, abgekochte Stück Aas.

Meine Blicke fanden sie nirgends.

Ein Raum voller Fremder.

„Karina hat heute frei. Sie ist nicht hier", sagte er.

„Ist sie es?" fragte ich.

„Die Mutter von Lena?" fragte er zurück.

„Ja."

„Nein."

„NEIN??"

„Nein, ist sie nicht. Die Mutter von Lena sitzt da hinten", gab er mir zur Antwort und winkte einer mir vollkommen unbekannten Frau einige Tische entfernt zu. Sie winkte zurück. Sie lächelte. Freundlich. Offen. Sie war bar jeder bösen Absicht.

Ich musste mich zwingen, Größe zu zeigen, einen Gruß anzudeuten.

„Ist sie deine Frau?"

„Ja. Magda ist meine Frau."

„Und was bin ich dann?"

„Du bist du", sagte er und wollte mit dem Kind im Arm schon gehen.

„Warte", sagte ich. „Eine Frage noch."

„Ja?"

"When? How?" Ich kriegte es nicht fertig, ihn auf Deutsch zu fragen. Es war mir zu nah. Zu gefährlich. Es machte mich kaputt.

„Du warst damals nicht die einzige. Schon bevor du aufgetaucht bist, war da Magda. Sie ist eine Freundin von Maike, der Nachbarin meiner Mutter. Sie frühstückten einmal im CafeHaus, als ich auch da war. Maike sah mich und kam kurz an meinen Tisch, Hallo zu sagen. An ihrem Tisch zurück fragte Magda sie, wer ich bin. Sie winkte rüber. Damit fing's an zwischen uns."

„Du hast mir nichts gesagt. Du hast mich belogen."

„Nein. Mit Magda war es noch nichts Festes. Du hast mich zu der Party eingeladen. Da gab ich uns eine Chance. Du hast dich an dem Abend aber für Hollywood entschieden."

„Mensch, was weißt denn du von der großen, weiten Welt da draußen, wo du doch nie aus deinem scheiß Provinzkaff rausgekommen bist, ja? Hollywood, ja? So eine Gelegenheit kriegt man nur einmal im Leben. Da heißt es das oder – was machst du grad noch so von Beruf?"

„Ich mache dir keinen Vorwurf. Ich sage nur, dass du eine Entscheidung getroffen hast. Das war dein gutes Recht, wie es auch mein gutes Recht war."

„Und? Bereust du deine Entscheidung?"

„Wonach sieht es denn für dich aus?" sagte er mit einem seltsamen Unterton und wandte sich mit Tochter auf dem Arm von mir ab und seiner Frau zu. Mit einem Lächeln, das ich an ihm noch nie gesehen hatte, schritt er auf sie zu. Ihr Lächeln war mir dagegen nur allzu bekannt. Ich hatte es selber im Film gespielt.

Ich trank einen Schluck von meiner Latte. Dann stand ich auf und ging zur Theke und bezahlte bei dem jungen Flittchen. Flüchtigst grüßte ich die glückliche Familie beim Hinausgehen zum Abschied.

Im Hotelzimmer fand ich eine Notiz meines Regisseurs. Er schrieb: "I knew you would blow it. I knew you would fail. I am sorry for you. Take your time and think it over. If you still want me then I am there for you. There is still one cake in the oven, you know? Now and always Yours"

Neunmalkluger romantischer Klugscheißer!

Ich zerriss den Zettel und warf die Schnipsel zu Boden. Dann ging ich ins Bad und schaute mir im Spiegel beim Weinen zu.

Ein Schmerz durchzuckte mich. Ich riss mir die Hose runter und den Klodeckel hoch. Ich hockte mich unter Krämpfen hin und sah mir beim Bluten zu. Das war nicht das Ende. Ich wusste es. Ich wusste es genau. Ich brauchte mir nur ein anderes auszudenken und dann ausmalen.

Die nächsten Tage verbrachte ich zwischen Toilette und Bett. So schlimm war es noch nie gewesen. So durfte es aber nicht enden.

So setzte ich mich denn, als das Schlimmste überstanden war, an meinen Laptop und schrieb.

Mit dem ausgedruckten Manuskript marschierte ich ins CafeHaus. Er stand gerade hinter der Theke und zapfte ein Bier. Von Frau und Kind weit und breit keine Spur. Ich hockte mich direkt vor ihm an den Tresen. Ich hielt ihm das Skript hin: „Das musst du lesen."

Er unterbrach das Bierzapfen: „Jetzt? Siehst du nicht? Ich arbeite."

„Nachdem du das Bier abgeliefert hast, liest du", sagte ich ernst.

Er wandte sich an das blonde Flittchen, das ich das letzte Mal gesehen hatte, und besprach mit ihr Details, die mich nicht interessierten. Er zapfte dann das Bier zu Ende und brachte es an den Mann. Mit finsterer Miene kam er anschließend zu mir und nahm das Manuskript entgegen. Er verkrümelte sich in eine Ecke des Lokals und schlug das Skript auf. Ich beobachtete ihn, wie er da so las, wobei ich ihn vor meinem inneren Auge mit einer Latte neben sich sitzen sah. Gerührt von diesem Anblick bestellte ich ihm eine. Sonst ließ ich ihn in Ruhe lesen.

Er schlug das Manuskript zu, stand auf und kam rüber.

„Und?" fragte ich.

Er gab mir das Skript zurück: „Das ist kein Roman. Du hast über uns geschrieben. Über dich und mich."

„Das ist korrekt", sagte ich. „Das habe ich. Die korrekte Bezeichnung für diese Form von Literatur ist Schlüsselroman."

„Ist dir klar, was du getan hast? Ist dir klar, was passiert, wenn du das veröffentlichst?"

„Was habe ich schon getan? Nichts Weltbewegendes. Ich habe nur die Wahrheit über uns geschrieben."

„Ich bin nicht mit dir zusammen."

„Zeig mir dein Portemonnaie."

„Was? Nein."

„Was ist schon dabei? Ich brauche dein Geld nicht. Ich gebe es dir auch sofort zurück."

„Wozu?"

„Ich arbeite da gerade so an einer Studie, weißt du? Männer und ihre Accessoires. Nichts Schlimmes, ich verspreche es dir."

Obwohl er nicht wusste, warum er tat, worum ich bat, händigte er mir sein Portemonnaie aus. Schnell durchsuchte ich es und gab es ihm wieder zurück.

„Ich wusste es", sagte ich und konnte mir ein breites Grinsen nicht verkneifen.

„Was wusstest du?"

„Du hast keine Bilder von deiner Frau oder deiner Tochter in deinem Portemonnaie. Sehr verdächtig."

„Wozu soll ich Bilder von ihnen in meiner Brieftasche tragen, wenn ich sie in meinem Herzen trage?"

Darauf wusste ich nichts zu erwidern.

Er zeigte auf das Skript: „Wie konntest du nur? Was hast du dir nur dabei gedacht?"

Dass ich eine Schriftstellerin bin und es also daher mein Job ist, mit meinem Material so zu verfahren, wie ich es für richtig halte? Dass er endlich ein Einsehen haben und seine ihm zugewiesene Rolle akzeptieren solle?

„Wenn du dich an mir rächen willst, für was auch immer ich dir angetan habe, schön. Aber es geht hier nicht mehr nur um dich und mich."

Wie konnte er nur so kleinkariert denken? Also versuchte ich eine andere Strategie: „Nun komm aber mal runter von deinem hohen Ross. Was ist denn schon groß dabei? Habe ich etwa nicht die Details geändert? Ich habe den Namen deines Dorfes zu Haranni historisiert. Aus deinem Verein habe ich Borussia Haranni gemacht. Das CafeHaus ist zu einer Filiale der fiktiven Kaffeehaus-Kette Mr. Coffee geworden. Deine Größe habe ich verändert. Sogar deinen Namen habe ich gegen einen anderen ausgewechselt!"

„Ich hab's zur Kenntnis genommen. Du benutzt den anderen Namen auch als Titel für diesen billigen Morrison-Lewis-Steven-Uhly-Verschnitt aus Gehässigkeit und Selbstmitleid."

„Das ist korrekt. Der Name der männlichen Hauptfigur dient auch als Titel für den Roman", bestätigte ich.

Er schaute mich an, als hätte ich den Schuss nicht gehört: „Ja, und wie heißt denn noch einmal der Regisseur, mit dem du den Film gemacht hast?"

Ja, wie sollte der denn schon groß heißen? Ein Geheimnis war es jedenfalls nicht. Also antwortete ich ihm wahrheitsgemäß: „Glenn Mulligan natürlich. Wie denn auch sonst?"

Zum Autor

David Jordan, ein Wanderer zwischen verschiedenen Welten, Kulturen und Zeiten, hat vor „andernorts anderswo. CafeHaus-Geschichten" bereits mehrere Bücher bei BoD veröffentlicht, die ersten davon unter dem Namen Otaru Tomis